NEB OND NI

Manon Rhys

NEB OND NI

ENILLYDD Y FEDAL RYDDIAITH

EISTEDDFOD GENEDLAETHOL CYMRU

WRECSAM A'R FRO 2011

Gomer

Cyhoeddwyd yn 2011 gan Wasg Gomer,
Llandysul, Ceredigion SA44 4JL.

ISBN 978 1 84851 430 0

Dymuna'r cyhoeddwyr gydnabod cymorth
Cyngor Llyfrau Cymru.

Argraffwyd a rhwymwyd yng Nghymru gan
Wasg Gomer, Llandysul, Ceredigion.

'A neb yn gwybod dim am hyn,
neb ond ni ein dau . . .'

DAFYDD IWAN

Siriol

Mae Dewi ar goll. Y trydydd tro ers mis. Y pedwerydd, os cyfrwch chi'r mistêc o'i gloi o yn Ysgol Llan noson Miri Dolig. Mistêc i bawb ond Dewi, oedd 'di trefnu'r peth yn glyfar iawn, fel arfar. Mynd i guddio yn y boilar-rŵm a phawb yn deud 'Nos da', a'i adal o ar ôl. A neb yn sylwi dim, nes i Dai yr Hwntw Gwyllt ddechra ffônio rownd a rhuthro lawr i'r pentra a beio Mam am beidio mynd â'r 'crwtyn bach sha thre yn saff' yn ôl y trefniant. A Mam yn gwadu unrhyw drefniant, a Dai'n ei rhegi i'r cymyla, a Mam yn sgwario fyny iddo fo – mae hi'n jarff o ddynas pan fydd raid – a rhestru'i feia fo, sef 'diogi, meddwi, a gneud cam mawr â'r hogyn bach'.

'Neglijens, Dai! Dyna ydi o!'

'Neglijens, myn yffarn i!'

'Ia! A titha'n cael get-awê bob tro!'

'Cer o'n ffordd i, fenyw! Ma'n fab bach i ar goll!'

'Ydi! Eto fyth!'

A Dai'n sbio arni'n gam fatha bwch Tyddyn Isa.

''Y mai i yw hyn 'to – ife?'

'Does 'na neb yn sôn am "fai"! Poeni 'dan ni! Fi a pawb yn Llan!'

'Twll 'u tine pawb yn Llan! Nawr cer o'n ffordd i!'

A Dai'n rhoi gwth i Mam a gweiddi petha rhyfadd nad o'n i'n eu dallt. A phawb yn joinio mewn a finna'n dechra crio. A Dad yn holi'n dawal oni fasa'n well i bawb roi'r gora i'r holl ffraeo a mynd i chwilio am yr hogyn bach? Ac o'r diwadd dyma fynd ffor' hyn a'r llall a gweiddi enw Dewi dros y lle.

A finna'n rhynnu yn fy nghadar olwyn ar y sgwâr, yn gwrando ar eu lleisia.

'Tyd yma, Dewi bach!'

'Tyd o 'na'r hogyn da!'

Fatha galw ar gi neu gath. A finna'n gwbod bod 'na'm pwynt. A beio'n hun, fel arfar. A Mam yn sbio arna i, reit drw'n sbectol i. Fel arfar.

'Siriol?' medda hi.

'Gwbod dim,' medda fi.

A chroesi 'mysadd tu ôl i 'nghefn.

A chau fy llygid yn dynn.

Misus Lewis

Waeth imi siarad â'r wal. Unwaith y bydd hi wedi penderfynu, 'toes 'na'm pwynt rhesymu nac ymbilio na bygwth. Yr un atab gewch chi: 'Gwbod dim'.

Ond *mae* hi'n gwbod. Saff ichi, bob tro.

Dwi'n gwylltio weithia; nid efo hi – fel deudis i, 'toes 'na'm pwynt. Ond mae Dai'n medru 'mrifo i i'r byw, a finna'n trio gneud y gora medra i dros Dewi, ac wedi gneud erioed. Ei warchod o'n rheolaidd; ei gael o atan ni yn Sŵn-yr-afon, ei fwydo a'i enterteinio. Mi oedd o efo ni dros Dolig 'leni eto, yn y pantomeim ym Mangor, siopa yn Llandudno. A Dai'n feddw yn y Cross. Neu efo'i ffrindia gwirion yn Eryl Môr. Neu'n hel merchaid rownd y lle. A be dwi'n gael yn ddiolch? Rhegi a bytheirio. Nid 'mod i isio diolch.

Dwi'n falch o fedru helpu. Wedi trio bod yn gefn i'r ddau erioed. Oherwydd 'tydi petha ddim yn hawdd i'r naill na'r llall.

Siriol

Dwi'n nabod Dewi'n well na neb. Pan fydd o isio sylw: chwara'r un hen dricia, mynd i un o'i fŵds bach gwirion, eistadd efo'i ben i lawr yn sbio ar ei draed, a smalio peidio clywad pobol yn holi'r un hen gwestiyna.

'Be 'di'r matar, Dewi bach?'

Yr un dôn wirion â 'Be 'di'r amsar, Mistar Blaidd?'

A finna'n atab, 'Does dim byd y matar!'

'Ti'n sâl?'

A finna'n atab, 'Nac'di'n tad!'

'Ond mi wyt ti'n welw iawn.'

A finna'n atab, 'Oer 'di o, yntê?'

Ac mae rhywun yn siŵr o ddeud, 'Efo Dewi 'dan ni'n siarad, Siriol!'

'Motsh gin i. Fel'na 'dan ni'n gneud, Dewi a finna. Dallt ein gilydd. Wedi gneud erioed.

Ond mi fydd pawb yn dal i dyrru rownd, 'run fath, a sbecian arno fo fel tasa fo yn rhospital. A'r cythral slei yn gneud yn fawr o'i gyfla. A finna'n disgwyl iddo ddeud hen betha brifo wrtha i.

Ond waeth be ddeudith o, dwi'n fodlon gweitiad am ei wên a'i 'Sori, Siriol'.

Dwi'n gweitiad yn hir iawn weithia. Ond mi ddôn nhw, garantîd.

Misus Lewis

Dwi'n gneud be fedra i er mwyn Siriol hefyd, a hwytha wedi'u hannar magu efo'i gilydd. A fynta'n cael mynd-a-dod fel licith o ers oedd o'n ddim o beth. Mi gân nhw amball ffrae a phŵd, ond maen nhw'n dallt ei gilydd. Yn 'solid', chadal Elfyn. A da hynny, a hwytha'u dau fel ma'n nhw.

Elfyn druan – mi gafodd o lond pen gin i ar ôl cael hyd i Dewi'n saff. Ddyliwn i ddim fod wedi arthio arno fo am beidio mynd i jecio'r boilar-rŵm cyn cloi. A ddyliwn i ddim fod wedi cyhuddo Dai o 'neglijens'. Siarad yn 'y nghyfar o'n i efo'r ddau. Gwres y foment.

Ond mae Dai'n medru'ch gwthio chi i'r eitha. A finna'n sensitif ynglŷn â Dewi – gorsensitif, ella. Mae Elfyn yn pregethu y dyliwn i gymryd cam yn ôl. A dwi'n cytuno. Nes i rwbath arall ddigwydd. Rhwbath sy'n ypsetio Siriol, yn gneud imi boeni am Dewi. A Duw a ŵyr, mae gin Elfyn a finna faich go fawr yn barod.

Ond mi ddown ni drwyddi.

Efo'n gilydd.

Siriol

'Mond weithia y bydda i'n gwylltio. A 'mond weithia mae o'n stiwpid. Fel arfar mae o'n gwenu fatha haul Cwm Rhyd y Rhosyn. (Fo'i hun ddeudodd hynny gynta: 'Dwi'n gwenu fatha'r haul ar glawr y record, 'tydw?' Dyna ddeudodd o. Ond mae o wrth ei fodd yn clywad pobol erill yn ei ddeud o.) Beth bynnag, mae o'n medru gwenu'n ddel, ac mi fydd ei lygid glas o'n sheinio fatha sêrs. (Dwi'n gwbod mai 'disgleirio' 'di'r gair cywir ac nad glas 'di sêrs.) Dyna pam mai 'Dewi Smeils' neu 'Smeiler bach' ydi o i bawb, a'u bod nhw'n credu mai fo 'di'r hogyn dela a hapusa yn y byd.

Ella ei fod o'n ddel. Ond smalio bod yn hapus fydd o. Achos 'tydi Dewi byth yn hapus, ddim go-iawn. A weithia, pan eith petha'n rîli rong, mae o 'fel hen ddiafol bach y fall', chadal Mistar Blodyn. Blin, styfnig, ac yn poeni bygar-ôl am neb na dim. (Fydda i ddim yn defnyddio geiria mawr yn aml, ond weithia bach dwi'n teimlo'n well wrth neud.) Crwydro, cuddio, cadw draw am oria. Gneud i bobol boeni, er eu bod nhw'n gwbod y daw o yn ei ôl, ar ei gythlwng, weithia, ei ddillad yn fudr neu'n wlyb neu'n rhacs.

A phawb yn madda iddo fo bob tro. Am mai 'Dewi bach 'di Dewi bach', yntê? Fo a'i fŵds a'i blwmin wynab haul a'i lygid glas a'i wên. Fo a'i 'Sori, Siriol'.

Dyna 'neith o heno. Pan ddaw o yn ei ôl am wyth o'r gloch, yn union fel y mae o wedi gaddo.

Ond be os – ryw noson dywyll, hyll . . .?

Na, dwi'n gwrthod meddwl petha brifo fel'na.

Misus Lewis

Mae'n anodd penderfynu be sy ora: deud dim, neu deud fy neud yn blaen – 'Deud gormod', chadal Elfyn – gan 'y mod i'n poeni, hyd at ddagra, weithia. Mae'r hogyn yn cael cam, mae hynny'n bendant. Ond yn cael y gofal penna, hefyd, hyd yn oed gin Dai. Yn enwedig gin Dai. Gwrth-ddeud dybryd, dwi'n gwbod hynny'n iawn. Ond dyna'r pwynt; rhwng pawb a phopeth, dwi'n drysu'n lân. A'r 'plusses' a'r 'minuses' yn troi a throsi yn 'y mhen – yn enwedig pan fydd y nos dywyllaf.

Be well na chael ei fagu yn Eryl Môr? Tŷ mawr, braf –
faint fynno fo o libart, faint fynno fo o ryddid. Pentra Llan
fatha carthan amdano, ac ynta'n rêl boi o gwmpas y lle.

Be dwi'n fwydro? Be well 'di cragan o dŷ mawr i hogyn
fatha Dewi? A fynta'n treulio'i amsar i gyd yn 'ratic? A
'rhyddid' – be 'di hwnnw? Ffendio dros ei hun ers oedd o'n
ddim o beth? Cael mynd a dod fel licith o? Gorfod godda
giamocs Dai a'i grônis gwirion?

A phentra Llan, a'r ysgol? Yn cefnu arno, i bob pwrpas. Yr
ysgol 'ddim yn addas iddo' – fwy nag oedd hi i Siriol ni. Ysgol
Gorlan oedd yr unig atab, meddan nhw, i'r ddau. Mi fuo Siriol
ar ei helw yno o'r cychwyn cynta, er gwaetha amball bwl o
hira'th. Doedd hi ddim yn hawdd i Elfyn a finna: ffarwelio â
hi ar nos Sul, y minibus yn mynd â hi i ben draw'r sir, a'r tŷ'n
wag tan nos Wenar. Ond ddaru ni ddygymod â hynny. Mi
oedd – a mae 'na – betha gwaeth. Ac mae hitha'n hapus yno,
wedi mopio'i phen efo'r athrawon, 'Tom-a-Jo-a-Cadi', chadal
hitha – yn enwedig Jo – beth bynnag am 'Mistar Blodyn' –
Mistar Fflowar, y prifathro, druan. Dwi ddim mor siŵr am
Dewi. Mae'n anodd gwbod efo fo, ac ynta mor brin ei eiria.
Weithia dwi'n rhyw feddwl – meddwl lot, a deud y gwir – na
fydda i na neb yn dallt, dim byth, be sy'n digwydd yn ei ben
o. Yn 'y clopa pert 'na', chadal Dai.

Neb ond Siriol ni.

Siriol

Mynd i grwydro berfadd nos. Dyna un o'i gastia gwaetha.
Dyna ddaru o 'chydig wedi'r miri yn Ysgol Llan. Noson
rewllyd, lleuad fatha sosar, lot o sêrs. A Dai'n rhuthro lawr

Allt Wern yn curo drysa ac yn gweiddi, 'Ma' fe wedi mynd!'
A Dad yn deud, 'Unwaith eto 'Nghymru annwyl!' a gwisgo'i
gôt a gafal yn ei dortsh a mynd i chwilio efo'r dynion erill.

A finna'n cael perswâd ar Mam i fynd â 'nghadar at
y sgwâr. Ac yno buon ni, yn gwylio'r sioe. Lleisia'n galw,
goleuada'n bobian fatha sêrs bach gwibio. A Mam yn sbio
arna i. A finna isio deud ei fod o'n ddigon saff dan bompren
Felin Ganol. Wedi mynd i'w mesur hi, efo'r tâp arbennig
gafodd o Dolig. Ac y basa fo'n dŵad yn ei ôl am hannar nos.

Ond sut fedrwn i? A be ddeudis i? 'Gwbod dim!' Fel arfar.
A thrio peidio sbio ar fy watsh. Ac isio iddi fod yn hannar
nos.

Ac mi gyrhaeddodd yn ei ôl yn wên i gyd, fel arfar.
Cerddad ling-di-long a'r olwg wirion 'Be 'di'r broblam?' ar ei
wynab. Mi oedd o'n dal i wenu wrth i Dai roi cweir yr uffar'
iddo fo a'i lusgo fyny'r allt. A Mam yn rhuthro ar eu hola a
thrio rhwystro'r curo.

'Gad lonydd iddo, Dai, 'rhen fwli mawr!'

'Cer o 'ma, fenyw!'

'Mi alwa i'r polîs a'r NSPCC!'

'Galwa ar dy Dduw 'i hunan, ond cer o'n ffordd i!'

A phawb 'di hel wrth Droed-yr-allt, yn clywad y
bytheirio'n diflannu i'r tywyllwch. A'r peth diwetha glywson
ni oedd, 'Fe gei di dy hala bant am byth os na fihafi di,
gw'-boi!'

A finna'n crio, a Mam yn rhoi ei braich amdana i.

'Hidia befo, Siriol fach, hen fygythiad gwag.'

Ond ar y ffordd yn ôl i Sŵn-yr-afon, mi ddeudodd rwbath
yng nghlust Dad.

'Tasa Dai yn gyrru'r hogyn bach i ffwrdd, mi dorra hi 'i chalon.'

Dyna ddeudodd hi.

Mae hi'n berffaith iawn. Tasa Dewi'n cael ''i hala bant am byth' – na, dwi'n gwrthod meddwl petha brifo fel'na.

Dai

Wy'n difaru'n strêt. Am wylltu. Gweud pethe yn 'y nghyfer. Wrth Eira Lewis, o bawb. Santes o fenyw solid.

Ond ma' pethe'n gallu mynd yn drech.

Yn hala dyn yn ishel.

I'r gwaelodion.

Siriol

Echnos, wedyn, ar y ffordd rhwng pentra Llan ac Ysgol Gorlan, pan stopiodd Tom y minibus wrth y gola coch tragywydd wrth Bont Gul, mi agorodd Dewi ddrws y cefn slei-bach a neidio allan. Mi welodd Tom o'n mynd – mi oedd o'n sbio yn ei ddrych – a throi ata i a chodi'i aelia.

A finna'n deud dim byd.

Addewid 'di addewid.

Ond twyll 'di twyll. A finna'n gwbod ei fod o 'di mynd o dan y bont i'w mesur hi.

Y cyfan ddaru Tom oedd bacio oddi ar y ffordd ac agor ffenast led y pen a gweiddi, 'Dewi! Mi weitian ni amdanat ti!' A dyna ddaru ni: eistadd yn y minibus, yn chwerthin ar jôcs Tom ac yn chwara 'Dwi'n gweld â'm llygad bach fy hun'. Ac mi ddaeth mei-nabs yn ei ôl yn wên ac yn 'Sori, Tom', i gyd.

'Dos i eistadd efo Siriol,' medda Tom, mor cŵl a ffeind. 'A Siriol, cadw lygad ar y cnaf.'

'Sbia!' medda Dewi, a thynnu'r blwmin tâp o'i bocad.

'Sgin i ddim diddordab!' medda fi.

'Ond sbia!' medda fo eto, ac agor y tâp yn llydan.

'Cau dy geg! A chau'r tâp yna hefyd!' medda fi, wedi gwylltio'n ulw.

A dyma fo'n chwerthin a dechra smalio mesur hyd a lled y sêt a'r ffenast.

'Stopia hynna!' medda fi.

Mi stopiodd o – a dechra chwara efo zip ei gôt, fyny a lawr, fyny a lawr.

'Stopia hynna, hefyd!' medda fi.

'Sori, Siriol,' medda fo, a gwenu'n wirion, ei fysadd wedi'u plethu a'i lygid ynghau, fatha'r picsi smala sgynnon ni ym mhen draw rardd.

'Ti'n dal i fynd ar 'y nerfa i!' medda fi eto, jest â drysu. Jest â'i ddyrnu fo. Ddeudodd o ddim byd, 'mond gwenu'r holl ffordd 'nôl i Gorlan.

'Dewi!' medda Tom, wrth fy helpu lawr y ramp o'r minibus. 'Ti'n cofio'r bregath, 'dwyt? Pan ti isio mynd am dro bach sydyn – gofyn, reit?'

Nodio ddaru Dewi.

'Addo?'

Nodio ddaru o eto a cherddad ling-di-long i mewn i'r cyntadd, a'i fysadd wedi'u croesi'r tu ôl i'w gefn. Do, mi welis i nhw . . .

'Siriol,' medda Tom, wrth wthio 'nghadar ar hyd y coridor i'r Lolfa Las, 'mae'n bwysig cadw addewidion – 'tydi?'

'Ydi,' medda fi, yn falch ei fod o'n dallt.

Ond mi stopiodd wthio, a mynd ar ei gwrcwd wrth 'y nghadar, a sbio'n ddifrifol arna i. 'Siriol,' medda fo eto, 'ryw ddiwrnod, ella na fydd gin ti fawr o ddewis ond torri amball addewid, pan fydd petha wedi mynd yn rhy bell – yn rhy beryg ella. Ti'n dallt be sgynna i?'

Ddeudis i ddim byd. 'Mond teimlo'n annifyr eto fyth. A fflamio Dewi – eto fyth. Ond dyna fuo; soniodd neb 'run gair pellach am y busnas. Tom heb riportio 'nôl i Mistar Blodyn, smalio nad oedd dim byd wedi digwydd – er ei fod o wedi deud wrth Jo a Cadi, garantîd, a bod y tri 'di cytuno i gadw'r sîcret, eto fyth. Fel'na maen nhw, ffeind.

Mae smalio'n bwysig. Smalio peidio gweld a chlywad petha. Smalio peidio dallt na gwbod dim. Ond clywad a gweld pob dim. Dallt a gwbod pob dim. 'Dallt y dalltings,' chadal Mam.

Ond deud dim. Fel ddaru Tom.

Misus Lewis

'Od,' medda Elfyn. 'Rhyfeddol,' medda fi. Beth bynnag ydi o, mi 'ffeia i unrhyw un sy'n wfftio'r ddealltwriaeth rhwng y ddau. Dwi'm yn sôn am 'ddallt ei gilydd' chwara plant. Mae o'n rhwbath llawar dyfnach – rhyw 'gemistri meddyliol', medda Elfyn, rhyw daro bargan, rhoi a derbyn, a hynny'n reddfol, decini.

Mi fydd hi'n gwylltio, weithia – 'Merch ei mam, yntê!', chadal Elfyn – ac yn fflamio Dewi i'r cymyla. A'i amddiffyn hyd at ddagra'r funud nesa pan fydd o wedi'i thwyllo efo'i wên a'i 'Sori, Siriol'.

Ond mae'r busnas o ddiflannu a mynd i guddio – a hitha'n gwbod yn iawn lle mae o ond yn gwrthod deud – yn anodd ei ddallt a'i dderbyn. Dwi'n trio dallt, ond yn poeni'n enaid. Ac yn gobeithio a gweddïo na chaiff o'm niwad. Dyna'r unig beth y medra i neud.

Y busnas siarad, wedyn – y 'cyfathrebu llafar', chadal nhw yn Ysgol Gorlan. Un bach prin ei eiria fuo fo erioed – 'Dim cleber wast', fel 'sa Dai'n ddeud – 'mond atab amball gwestiwn hawdd, deud 'Diolch' a 'Dim diolch' ddigon del, a 'Plîs' a 'Sori' yn y manna iawn. Ond hen shryg fach 'Dwi'm yn gwbod!', neu 'Be 'di'r otsh?', neu 'Peidiwch holi petha gwirion!' gewch chi bron bob tro.

Mae o'n ddibynnol iawn ar Siriol – dyna'r *bottom line*, chadal Mistar Fflowar. Hi sy'n gneud y siarad. Pan hola i, 'Sut wyt ti heddiw, Dewi?', mi atebith hi, 'Iawn diolch', neu 'Mae o wedi blino', neu 'Yn flin fel cacwn!', yn ôl y galw. 'Be ti'n ffansi i swpar, Dewi?' Mi ddaw'r atab, 'Bîns ar dôst', neu 'Bechdan ham', gynni hi ar unwaith. A Dewi'n gwenu mor ddiniwad – os diniwad hefyd.

Dai
'Dewi, druan . . .' 'Na beth weda i un funud – a'i ddiawlo'r funud nesa. Ond beth arall alla i neud? Ma' dyn yn drysu'n lân.

Na, sa i'n mynd i ddachre.

'Mond derbyn nad yw bywyd wedi bod 'fel diwrnod hir o haf'.

A fydd e ddim – dim byth.

Damo di, Amelia. Ti a dy boetri ddiawl.

Misus Lewis

'Dan ni'n trafod weithia, fi ac Elfyn, be goblyn 'di'r gyfrinach? Mi fedrach daeru ei bod hi'n medru sbio mewn i'w ben – a'i galon. Ond pan awn ni ati i holi, mi fydd hi'n cau'n gragan dynn. 'Sîcrets fi a Dewi ydan nhw.' Dyna'r cyfan gewch chi.

Dyna natur cyfrinacha, debyg iawn. Rhannwch chi nhw driphlith-draphlith, wili-nili, dyna derfyn ar ymddiriad. Amen, dyn pren . . .

Dwi'n sylweddoli 'mod i'n mynd i swnio'n debycach i Mam bob dydd. Hi a'i dywediada bach henffasiwn. Hi a'i hystrydeba. Ond diawch, mi oedd hi'n ddynas fawr.

A dwi'n ei cholli hi fel colli llaw.

Siriol

Tasa Mistar Blodyn efo ni'r noson honno ar Bont Gul, mi fasa wedi mynd drw'r to! Dwi'n piffian chwerthin wrth feddwl amdano'n mynd drw' do'r minibus a fflio fyny dros y coed a'r brynia a'r cymyla ac yn methu stopio a gorfod cario mlaen yn uwch ac yn uwch uwchben y lleuad a'r haul a'r sêrs nes cyrraedd sbês. A gorfod aros yno, byth yn cael dŵad lawr, byth eto'n medru'n bosio ni na smalio bod yn 'ffrinds'. Fasa fo ddim yn medru'n gweld ni – welwch chi mo Brydain Fawr o sbês, heb sôn am Gymru a Gorlan a phentra Llan a'r Bont Gul – ac mi fydda'n rhaid iddyn nhw gael prifathro newydd. Prifathrawes, ella. Jo, debyg, gan mai hi 'di'r bòs pan fydd y Blodyn ffwr'-ar-wylia, neu ffwr'-ar-gwrs, neu ffwr'-yn-sâl.

I Blackpool fydd o'n mynd ffwr'-ar-wylia, efo Misus Blodyn, adag Pasg a diwadd Awst bob blwyddyn. Mi ddaw â roc i ni – pedwar stic mawr – efo llun o Blackpool Tower wedi'i stampio drwyddyn nhw ac mi fydd staff y ffreutur yn eu torri'n ddarna bach ar gyfar pawb. Gas gin i roc; mae o'n sticio yn eich dannadd ac yn gadal hen flas cyfog yn eich ceg, a dwi'n rhoi fy narn i i Dewi. Gwrthod darn fydd Jo a Cadi hefyd. Poeni am eu ffigyrs maen nhw, medda Mistar Blodyn. Dyna ddeudodd o amdana inna, unwaith. Ond mi sbiodd Jo a Cadi'n flin arno – a ddeudodd o mohono eto.

Mi fydd o'n mynd ffwr'-ar-gwrs yn aml. Mynd i ddysgu gneud ei job yn well, medda Dad – nid ei fod o'n awgrymu dim, medda fo, a wincio'n slei ar Mam. 'Elfyn!' Dyna ddeudith hi bob tro y bydd rhyw jôc fach felly rhyngddyn nhw eu dau.

Mi fydd o ffwr'-yn-sâl yn aml, hefyd, a Jo fydd yn gneud ei waith, sef gneud yn siŵr bod pawb arall yn Ysgol Gorlan yn gneud eu gwaith. 'Dan ni'n licio pan fydd hynny'n digwydd achos neis 'di Jo. Neis 'di Tom a Cadi hefyd, a Chris yn Stafall Gelf. Ond mae Jo'n sbesial iawn a hi 'di'n ffefryn ni i gyd. Byth yn deud y drefn na gwylltio, dim ond gwrando a gwenu. Mae hi mor dlws pan fydd hi'n gwenu, yn dawal fach, gan feddwl nad oes neb yn sylwi. Ond mae Siriol Llygid Sosar yn gweld pob dim. (Ac mi liciwn i fod fel Jo yn ddel a thal a thena, ac yn medru rhedag a dawnsio a gneud ymarfar corff mewn pymps bach pinc.)

Dai

Shwt fues i mor dwp?

    Mor ddall i'w thwyll a'i thrics?

    I bopeth ond 'i llyged glas.

    A'i chorff fel porslen.

    Y wherthin a'r danso.

    Y canu grwndi wrth ffwrcho.

    Strocen – 'na beth nath hi.

    'Na'i steil hi, Amelia Miles.

    Strôcs, a whare trics.

    A'i thric bach gore i gyd?

    Dewi Samuel Miles.

    Y jocer yn y pac.

Siriol

Maes parcio'r caffi ar y ffor' adra o Sŵ Gaer. Hwnnw oedd y panics gwaetha. Pawb ond Dewi 'nôl yn 'brydlon' yn y minibus, a Mistar Blodyn yn methu'n lân â chuddio'r twitsh bach rownd ei geg.

'Un dyn bach ar ôl!' medda Tom, cyn diflannu allan eto efo Jo.

'Reit! Ble ma' fe, Siriol?' medda'r Blodyn.

Ddeudis i ddim byd. Ddeudodd neb ddim byd – 'toes 'na'm lot ohonan ni'n medru siarad mwy na gair ne' ddau.

'Fe ofynna i eto!' medda fo, gan sbio mewn i'n sbectols i. A finna'n sgwintio 'nôl – dwi'n gneud act go dda o hynny – a throi 'nghefn i dynnu wyneba gwirion yn stêm y ffenast.

'Wel,' medda fo eto, 'os ffinda i bo' rhywun – unrhyw un – yn cwato rhyw wybodeth . . . Chi'n deall beth wy'n weud?'

Mi nodiodd amball un – ond mae 'na blant yn Gorlan sy byth yn stopio nodio'u penna, felly doedd y bwbach bach ddim callach. Ac eniwê, doedd neb ond fi yn gwbod dim.

Mi welwn i Tom a Jo drw'r ffenast, yn chwilio rhwng y ceir a'r moto-beics. Mi oedd golwg poeni arnyn nhw. A finna'n cael fy nhynnu, yn torri 'mol isio deud mai wedi mynd i brynu lolipop oedd o, ac i jecio sawl cam oedd rhwng toileda'r dynion a'r fynedfa. Mi oedd o wedi mesur ddwywaith, ond roedd rhaid mynd yn ei ôl i jecio. Fel'na mae o – stiwpid.

Mi ddaethon nhw yn eu hola, Tom a Jo, ac mi fuo 'na lot o sibrwd a sbio arna i. Mi ddiflannodd Tom eto, a mynd i siarad efo dyn mawr du, mewn iwnifform las. A dyma Jo'n dŵad ata i, a gafal yng nghôt Dewi oddi ar y sêt. Ac eistadd efo mi. A sibrwd.

'Siriol,' medda hi, 'dwi isio iti ddeud lle mae o.'

Mi o'n i'n smalio sbio drw'r ffenast. Ond y cyfan o'n i'n medru'i weld oedd wyneba clowns bach trist, yn diferu lawr y gwydr.

'Siriol,' medda hi eto, wrth blygu'r gôt yn dwt. ''Dan ni'n poeni. Mi fedar o fod mewn peryg.'

Mi o'n i'n trio peidio crio. Ddim yn gwbod be i ddeud na'i neud. Ond yn sydyn, mi dorrodd Mistar Blodyn ar ein traws ni.

'Reit 'te!' medda fo. 'Fe alwn ni'r polîs!'

A dyna pryd y gwelis i o. Ac mi welodd Jo fo hefyd, yn llyfu lolipop melyn yng nghanol criw o feicars. Mi o'n nhw'n chwerthin – a finna'n poeni mai gneud hwyl am ei ben o oeddan nhw. Ond mi ddaeth Tom o rwla a gafal yn ei law a'i arwain at y minibus gan godi'i fawd ar y dyn du mawr mewn iwnifform las. A Dewi'n troi a wafio ar y beicars, a nhwtha'n chwerthin ac yn wafio arno ynta.

Mi ruthrodd Mistar Blodyn i roi lluch i'r lolipop a llusgo Dewi mewn i'r minibus. Ac mi oedd pawb – gan gynnwys Tom a Jo, dwi'n siŵr o hynny – yn credu ei fod o'n mynd i'w hitio fo. Ond pan gamodd Tom i sefyll rhyngddyn nhw, mi drodd o i smalio sbio ar y rheola diogelwch uwchben y drws.

Mi oedd pawb yn dawal, wedi dychryn. Ar ôl 'chydig, mi gliriodd ei lwnc a throi i'n hwynebu ni gan drio stopio'i geg rhag twitshio. A'r peth nesa, mi oedd Dewi'n gwenu arno fo ac yn sibrwd, 'Sori, Mistar Fflowar.' Ac mi oedd o'n snwcerd, chadal Dad: pawb yn sbio ar ei geg o'n twitshio, a fynta isio gwylltio ond ddim yn cael. Felly gwenu ddaru o, a deud yn uchal, 'Dewi – falch dy fod ti'n saff.' A mynd i eistadd yn ei sedd.

Mi steddodd Dewi wrth f'ochor i ac aeth Jo i eistadd i'r cefn. Pan gychwynnodd Tom yr injan a gyrru i ffwrdd, mi gododd Dewi'i law ar y beicars, ond ddaru nhw ddim sylwi. Dwi'n meddwl imi sylwi ar y lolipop melyn yn slwj ar lawr – ond be dwi'n ei gofio'n iawn 'di Dewi'n gafal yn fy llaw a sibrwd, 'Sori, Siriol.'

Tynnu fy llaw yn ôl a'i anwybyddu fo, dyna ddaru mi.

Ar ôl sbio rownd i neud yn siŵr nad oedd neb yn gwrando, dyma fo'n codi'i ddwy law efo'i fysadd yn agorad fatha ffans, a sibrwd, 'Deg cam. Mawr. Ocê?'

'Gad lonydd imi, Dewi!'

Dyna ddeudis i, cyn rhwbio'n llawas yn y ffenast nes cael gwarad o'r hen glowns gwirion, bob un wan jac.

Dai

''Dolig Llawan, Dai.' 'Na beth wedodd hi. A stwffo'r bwndel bach i 'nghôl i.

'Wel?' mynte hi, wedyn. 'Sgin ti'm byd i ddeud?'

O'dd digonedd 'da fi i weud. Rhwbeth ar hyd y lein, 'Pwy ddiawl yw'r babi 'ma, Amelia?' Ne', 'Babi pwy yw hwn?' Ond y cwbwl wedes i o'dd, 'Croeso 'nôl, Amelia. Ble fuest ti ers mis?'

'Busnas – 'y musnas i.'

''Na fe 'te,' mynte fi.

'Ia,' mynte hi. 'Dewi ydi'i enw fo. Mi fydd o'n flwydd ar Fawrth y cynta. A phaid â dechra holi.'

'Helô, Dewi,' mynte fi, a chosi'i foch, fel ma'n nhw'n neud â babis.

Gwenu nath e.

Hithe 'fyd.

Siriol

A fynta 'di creu'r fath banics, mi fasach yn meddwl y basa fo'n bihafio. Ond na, chwara'n wirion ddaru o'r holl ffordd 'nôl i Gorlan: cuddio dan ei gôt a smalio cysgu-chwyrnu-mawr pan oedd pawb – oedd yn medru – yn canu 'Fferm McDonald' ac 'I Mewn i'r Arch â Nhw'. Pawb ond y Blodyn, oedd yn syllu'n syth o'i flaen.

Pan gyrhaeddon ni Gorlan berfadd nos mi waeddodd o, 'Dewi – swyddfa – nawr!' (Hwntw ydi ynta, hefyd, fatha

Dai. 'Tydi o ddim mor wyllt â hwnnw, ond mae gofyn ei wylio fo bob munud, yn enwedig pan fydd ei geg o'n twitshio.) Mi sbiodd Tom-a-Jo-a-Cadi ar ei gilydd wrth i Dewi ei ddilyn fath ag oen bach llywath. Ac mi gaeodd y drws yn glep.

Mewn dau funud – mi oedd Cadi wrthi'n gwthio 'nghadar i i'r dorm – mi ddaeth Dewi allan, yn dal i wenu.

'Wel?' medda Tom. 'Be ddeudodd o?'

Crychu'i dalcan ddaru'r cnaf a gneud hen lygid sgwintio. A phwyntio'i fys at Tom a deud 'Cofia'r *bottom line!*' – yn yr un llais gwirion a'r acan Sowth â'r Blodyn. Ac mi chwarddodd y tri'n slei-bach.

Dyna rwbath arall sy'n 'y ngneud i'n flin – Dewi'n cael maddeuant bob un tro. Ond Dewi ydi o, yntê? 'A Dewi bach 'di Dewi bach.'

Dai

Na, dim holi a dim dannod. 'Mond pyslan fel y jawl, a thrio gwitho'n syms. A 'studio'r bwndel dengmis – o'dd bownd o fod yn fwndel wythmis, Duw a ŵyr ymhle, a Duw a ŵyr pwy o'dd yn 'i garco fe, pan gwrddes i â'i fam ar y *Southern Star*, a hithe'n galifanto'n ddi-fwndel rownd y byd, gan bownso'n ddidrugaredd ar ddynion bach diniwed a'u hala'n ddwl garlibwns. A wedyn canu grwndi'n bert:

> Come live with me and be my love,
> And we shall all the pleasures prove.

Jawl, 'na'r gwahoddiad rhyfedda ges i yn 'y myw. Yn 'i chabin drud, a ninne wedi hala'r dydd a'r nos miwn a mas o'i gwely a'i *sunken bath*. Fe dderbynies i'r gwahoddiad, dim whare – pwy ddyn na nele? – a ffindo'n hunan, whap, yn Eryl Môr, yn sgweier bach y Llan, yn ffansi man Amelia Miles. A cha'l mis o nefo'dd, hi a fi, cyn y cyhoeddad sydyn, 'Dwi'n mynd ffwr' – ar fusnas,' a'r wên, a'r gusan ddwfwn, a'r 'Lwc owt, mi fydda i 'nôl!'

A fe dda'th hi 'fyd – ar ôl bod bant am fis. Hi a'i bwndel, 'i bagej dengmis, a'i 'Paid â dechra holi.'

Siriol

Fuo Dewi ddim yn hir yn Ysgol Llan. Na finna, chwaith. Mi gawson nhw ddigon ar ei 'antics' o. Ac mi oedd hi'n lot rhy anodd mynd â 'nghadar i fyny'r llwybr a thros y grisia cerrig at yr iard a thrw'r hen ddrysa cul. Dyna ddeudon nhw. Ac nad o'n i'n gweld yn ddigon da. A be oedd pwynt sodro 'nghadar o flaen y bwrdd du a finna'n gorfod craffu a chraffu a gweld fawr ddim? Dim pwynt o gwbwl, dyna'r atab.

Siapia petha – dyna'r cyfan dwi'n ei weld. Gorfod sbio i wyneba pobol, darllan llyfra hawdd, eistadd reit o flaen y telefision. 'Toes 'na'm problam efo ffilm ar sgrin y sinema. 'Mond efo'r grisia, a nhwtha'n gorfod mynd â mi a 'nghadar fyny'r ramp at ddrws y cefn, a dwi ddim yn licio hynny. Pan awn ni i weld y panto, mi fydd pawb mewn cadar olwyn yn cael eu leinio fyny yn y blaen. Gas gin i hynny. Ond pa ddewis sgynna i? Achos dwi ddim am golli'r panto am y byd.

Dai

Dim holi. Dim dannod. Dim cyhuddo.

Cyhuddo? 'Na'r peth d'wetha nelen i. Rhag ofon siglo'r cwch.

A cha'l wthnose bendigedig: hi a fi a'i bwndel bagej. A finne'n dachre joio – jawl, o'dd pethe'n dachre setlo. Amelia wedi dod sha thre – i aros, mynte hi; y tafode'n dechre tawelu, a Dai Morgan yr Hwntw'n ca'l 'i dderbyn yn y Cross. Ac o'n i'n rhannu tŷ a gwely menyw bert, gyfoethog, o'dd yn agos at fod yn neis. Ac yn rhannu'i babi hi. Ac yn ffwrcho pan fydde'r babi'n caniatáu. Ac o'dd y carco – y bwydo a'r batho a'r waco, a hyd yn o'd y colli cwsg a'r newid cewyn – yn dod yn llai o faich, yn fwy o sbort.

Dai Morgan, Amelia a Dewi Miles – Happy Family Eryl Môr.

Ond o'dd 'da hi dric arall lan 'i llawes.

Siriol

Dwi 'di bod yn meddwl lot amdana i ac Ysgol Llan. Oedd 'na reswm arall dros f'anfon i i Gorlan? Dwi ddim yn hollol siŵr – ond ella? Dwi 'di trio holi Mam, ond ddeudith hi ddim byd. Os dwi'n mynnu 'rhygnu mlaen fel record wedi sticio', chadal hitha, mae hi'n ypsetio'n lân. 'Gad lonydd, hogan! Ti fatha ci'n cnoi asgwrn!' Dyna ddeudith Dad.

Peidio meddwl gormod am y peth, dyna be dwi wedi'i benderfynu. Rhag ffeindio'n hun yn meddwl petha brifo.

Dai

Cofio'r crwtyn bach yn clapo'i ddwylo. Yn hwthu'i gannw'll yn boer i gyd. Yn stwffo'r gacen miwn i'w geg.

'I chofio hithe'n dod lawr stâr yn cario'i chês bach coch.

Cofio'r gusan ar 'y moch, y gwynt lafender, y rhester ar y ford.

'Rhifa ffôn, cyfeiriada handi, doctor, clinic, Misus Lewis Sŵn-yr-afon.'

Ma'r rhester 'da fi byth.

Cofio'r wên a'r 'Wela i di pan wela i di.'

A'r cered mas mor ddi-droi-'nôl i gwrdd â'r tacsi.

A Dewi bach a finne'n gweud 'gw'-bei' drw'r ffenest.

Siriol

Dwi'n medru stopio'n hun rhag meddwl petha brifo. Meddwl petha neis, dyna ydw i'n neud. Cofio petha neis, dychmygu petha neis, fatha 'mod i yn rhywla neis neu 'mod i'n rhywun neis – yn rhywun arall, heblaw fi.

Fatha Princess Di. Mi gawson ni wylio'r briodas ar y telefision. Ni'r genod oedd yn licio: y wisg a'r bloda a'r breidsmeids a'r goetsh. A'r sws ar y balconi. A hitha'n ddel a hapus ac mewn cariad.

Mi faswn i'n licio swsio rhywun. Sws go-iawn. Sws gwefus. Dwi'n meddwl lot sut deimlad ydi o. Neis, debyg, yn ôl be dwi wedi'i weld mewn ffilms ac ar y telefision. Swsio boch fydd Dad a Mam. Dwi 'rioed wedi'u gweld nhw'n swsio gwefus. Dwi ddim yn meddwl eu bod nhw'n gneud.

Mi faswn i'n licio bod mewn cariad. A phriodi. Pan ddeuda i hynna wrth Mam, a chwara gêm sut-un-fydd-fyngŵr-i, mi atebith 'Gawn ni weld' pan fydd hi mewn mŵd da, a 'Paid â bod yn wirion!' pan fydd hi mewn mŵd drwg. 'Motsh gin i. Dychmygu ydw i, eniwê. A thrio peidio poeni sut fasan nhw'n mynd â 'nghadar i lawr yr eil.

Misus Lewis

Galw tacsi Johnny – a diflannu. Dyna ddaru Amelia. 'Tasgu bant', chadal Dai. A'r cyfan mor ddramatig. Un felly oedd hi, ers oedd hi'n hogan bach. A'r hen Samuel Miles a Jên yn trio'u gora, a hitha'n herio'n ddidrugaradd.

'Dwi'n sori, rŵan.' Dyna ddeudodd hi: un o'n sgyrsia prin ni'n dwy, y noson cyn y 'tasgu bant'.

'Am be'n union wyt ti'n sori?' Dyna o'n i isio'i ofyn. 'Am fod yn hogan bach hunanol? Am yr herio? Y camfihafio? Am adal cartra'n un ar bymthag, pan oedd dy dad d'angan di? Dy fam yn dal yn gynnas yn ei bedd? Am beidio dŵad adra i g'nebrwng dy dad?' Ond ddeudis i ddim byd, 'mond gadal iddi baldaruo.

'Yn enwedig am frifo Dad. Ond mynd o'r hen le 'ma oedd y peth calla ddaru fi erioed. Mynd i chwilio amdana i fy hun.'

'A gneud dy fisdimanars a chysgu rownd a chenhedlu plentyn siawns!' Dyna o'n i isio'i ddeud. Ond be ddeudis i oedd, 'Mi oedd o'n dy golli di, Amelia.'

'Dwi'n gwbod,' medda'r gnawas. 'Ond mae'n tŵ lêt rŵan, 'tydi? I ddeud "Sori", na dim byd arall.'

'Flynyddoedd yn rhy hwyr!'

Ddeudis i mo hynny, chwaith, na'i chyhuddo o luchio'i phres ewyllys ar grwydro'r byd a lot o betha gwaeth. Na'r ffaith ei bod yn ddigon balch o etifeddu Eryl Môr a medru dŵad â'i 'ffansi man' adra i'w chanlyn.

Ond mi oedd raid imi holi oedd hi adra i aros. A chael yr atab o'n i'n ei ddisgwyl: 'Fy musnas i 'di hynny.'

Brathu 'nhafod ddaru mi eto. Ddim isio corddi, isio bod yn glên, a dygymod – fatha pawb ym mhentra Llan – â'i chael hi adra. Hi a'i mab a'i 'ffansi man'. Ac mi o'dd gin inna ofid, 'toedd? Ond wydda hon, na neb, ddim byd am hynny'r adag honno.

Hi gafodd y gair ola, ar ôl deud 'Nos da' wrth Siriol a gwylio Elfyn yn ei chario'n sypyn cysglyd fyny grisia.

'Mae hi'n fabi del.' Dyna ddeudodd hi.

'Ydi, ac yn werth y byd.'

'Ydi, debyg,' medda hi, yn amlwg yn anesmwyth. Neu yn bell. Neu ai dychmygu o'n i? Neu a ydw i'n darllan gormod i'r sefyllfa, wrth sbio 'nôl fel hyn?

'Misus Lewis,' medda hi, o'r diwadd. ''Dach chi'n meddwl y bydd y ddau'n ffrindia, hi a Dewi?'

'Byddan, debyg.'

Dyna ddeudis i, braidd yn swta, ella. Gormod ar fy meddwl; isio iddi fynd a gadal llonydd i mi.

'A beth am Dai a Dewi?'

'Hwytha, hefyd, decini.'

Nodio ddaru hi.

'Ac mi wna i'r cyfan medra i, Amelia, drostoch chi i gyd.'

'Dwn i'm pam, ond dyna ddeudis i. A gafal yn ei llaw.

'Diolch,' medda hi, a gwenu. Yr un wên haul â Dewi.

Siriol

Dwi'n treulio lot o'n amsar yn y Lolfa Las. Parcio 'nghadar yng nghanol y cylch cadeiria lle dwi'n medru cyrradd at y bwrdd a'r silffoedd gêms a llyfra, neu roi 'nhrwyn wrth sgrin y telefision mawr, neu gadw golwg ar y mynd-a'r-dod i gyd – y trampio ar hyd y coridor i'r Stafall Gelf a'r ffreutur a swyddfa Mistar Blodyn, neu at y lifft a drws y ffrynt.

Dwi'n licio pan fydd petha'n brysur. Y genod llnau yn sgwrsio wrth smalio gweithio ac yn canu efo'r bobol ar y radio – Madonna, Kylie, Queen – ac yn trio'n cael ni i gyd i ganu efo nhw. Tom-a-Jo-a-Cadi'n brysio yma ac acw. Mistar Blodyn wrthi'n smalio bod yn joli ac yn bwysig yr un pryd, a neb yn cymyd sylw ohono fo, bechod.

A finna'n sbio ac yn gwrando.

Dai

O'dd pethe'n weddol ar ôl iddi fynd. Dewi bach a finne'n ymdopi'n syndod, yn ffrinds, ambell waith, yn ffraeo bryd arall, yn dysgu byw 'da'n gily' a Calpol a Bonjela gan bwyll bach.

A finne'n ddigon hapus, yn dechre gweld gwireddu 'mreuddwyd fowr: cartre, plentyn, arian jogel; a menyw bert, gyfoethog, o'dd yn agos at fod yn neis, yn mynd i ddod sha thre unrhyw ddiwrnod.

A phopeth fel 'un diwrnod hir o haf . . .'

A'r dyddie'n troi'n wthnose ac yn fiso'dd ac yn flwyddyn.

Misus Lewis

Deud fawr ddim, a chadw draw. Dyna ddaru mi yn y cyfnod cynnar, ar wahân i'r troeon y cawn i SOS i llnau ar ôl rhyw barti gwyllt neu i warchod Dewi pan fydda Dai 'di meddwi neu wrthi'n trio sobri, neu'n galifantio, dyn a ŵyr ymhle.

Ond mi o'n i'n cadw golwg. Gneud yn siŵr bo' Dewi'n iawn drwy'r cyfan. A bod yn gefn i Dai. A'i gefnogi fo i'r carn pan fydda'r tafoda wrthi'n holi a beirniadu, pan fydda 'na asesu a phenderfynu er lles Dewi – ac mi fuo 'na gyfnod hir o hynny.

O'n, mi o'n i'n gadarn iawn fy marn dros Dai.

Argol, pwy feddylia? 'Mod i 'di canu clodydd hwnnw? Ac yn dal i neud?

Ond doedd 'na fawr o ddewis. 'Toes 'na ddim hyd heddiw. Dai neu Barnardo's. A dyna ni.

Dai

Pobol tico bocsys – rheini o'dd y jawled. Yn ame'n hawl i bopeth. Yr arian, Eryl Môr – a Dewi. Ond o'dd Amelia wedi bod yn gyfrwys fel hen gadnöes: wedi seino'r cwbwl bant i fi, cyn diflannu 'ddar wyneb y ddaear.

'Ond 'tydi'r nodyn ddim yn un cyfreithiol, Mistar Morgan.'

'Na'u lein nhw'r jawled.

'Ffindwch hi – a gwedwch hynny wrthi!'

'Na'n ateb i bob tro.

'Ond byddwch yn realistig!'

'Na lein arall. A honno o'dd yn hala dyn yn grac.

'Realistig! Gwranda di, gw'-boi! Weda i beth yw bod yn realistig!'

Un o'r bois bach tico bocsys, o'dd yn edrych bytu bymtheg o'd, o'dd yn 'i cha'l hi 'da fi, tra bo' Dewi – o'dd yn tynnu at 'i ddwy – yn hwpo tryc bach lan a lawr y pasej.

'Dychmyga hyn: dy wejen yn rhoi orders i ti garco'i mab, cyn mynd bant a diflannu! Ma'r crwt yn iach a hollol hapus, a wyt tithe'n dwlu arno fe. Ond ma' pobol tico bocsys yn dachre corddi, a bygwth mynd â fe!'

A fe stopes i. Trio pido torri lawr. Cymryd stoc, cyn dachre 'to.

'Ond so chi'n ca'l – ti'n deall? Fan hyn, yn Eryl Môr, y'n ni'n dou'n mynd i fod – fe a fi. Nes daw hi 'nôl. Os daw hi 'nôl. Ti'n deall?'

Deall ne' bido, fe a'th e mas, fel sawl un arall tebyg iddo fe – a'i gwt rhwng 'i goese.

Na, pido ildo modfedd. 'Na'r unig ffordd. Jawl, ma' hynny'r un mor wir y dyddie hyn ag o'dd e ddeng mlyne' 'nôl, pan o'dd Dewi'n ddim o beth.

Tra bod 'i fam yn trampo'r byd, yn whare bant, yn whilo am 'i blydi 'diwrnod hir o haf' – dou ddewis o'dd, dou ddewis sy: Dewi a Dai yn Eryl Môr, ne' Dewi mewn cartre plant amddifad, a Dai'n hen ŵr bach unig yn Eryl Môr.

Siriol

Dwi'n licio pan fydd petha'n dawal, hefyd. 'Yr Awr Dawal' ydi'r awr ar ôl cinio a'r awr ar ôl swpar pan fydd neb yn rhuthro nac yn gweiddi: pawb yn cadw'u lleisia'n isal, miwsig tawal ar y radio – 'cerddoriaeth iawn', chadal Mistar

Blodyn, 'dim hen nonsens pop'. Mi fydd pawb yn llonydd, rhai'n pendwmpian – dw i'n gneud hynny weithia. Ac mi fydd Dewi'n cyrlio ar y soffa i ddarllan un o'i lyfra.

Awr-Dawal-ar-ôl-swpar, mi ddaw Nyrs Lloyd o gwmpas efo'i throli ffisig. Mynd o'r naill i'r llall a sgwennu rhwbath ar ryw restr a rhoi pilsan ne' lwyad o rwbath yng ngheg hwn a'r llall. Pilsan oran i fi, rhai piws a glas i Dewi.

A chyn hir, 'dan ni'n mynd am y ciando. 'Amser mynd i'r dowlad, blantos!' Dyna fydd y Blodyn yn ei ddeud. A phawb yn chwerthin. A fynta wrth ei fodd.

Dai

Ond o'n i 'di dachre sylwi. Ar y pethe bach: her 'i lyged glas e, y stwbwrno, y mentro dwl. Goffod watsho'i fŵfs e i gyd – ofon iddo fe ga'l dolur. Ond o'dd hynny'n digwydd, garantîd. Dringo, cwmpo, stwffo'r bysedd bach i bopeth. A fynte byth yn llefen. A finne'n sylwi ar glais ne' gwt ne' bothell. A fynte'n gwylltu'n gacwn wrth weld eli, plaster, Ti Si Pi.

A'r gwylltu'n gwaethygu, yn digwydd yn amlach. A finne ddim yn sylweddoli, yn deall bygyr-ôl am gwafers plentyn rhwyfus. A fe ges i amser caled. Pobol yn 'awgrymu' pethe cas. Pobol tico bocsys ar 'y nghefen. Doctor Glyn a Nyrs Amanda a rhyw bobol siwt-a-brîff-cês, ddiawl, yn mynnu galw hibo'n regiwlar – 'jest i jecio petha, Mistar Morgan, er lles yr hogyn bach'.

A'r cwbwl, gan bwyll, yn dachre sinco miwn.

Beth o'n i wedi'i ame'n barod.

Nad o'dd pethe'n iawn . . .

Siriol

Lle diflas ydi'r Lolfa Las pan fydd petha'n mynd yn rong, yn enwedig efo Dewi. Mae o'n lle gwahanol, diflas, radag honno. Pawb yn dynn i gyd, yn sbio ar ei gilydd. Pan fydd o 'ar goll', maen nhw'n sbio arna i ac yn sibrwd yn 'y nghefn, a dwi ddim yn licio hynny na gorfod atab, 'Ddim yn gwbod! Ddim yn gwbod!' a godda petha brifo'n llenwi 'mhen i. A dwi'n mynd yn swp sâl ac yn dechra crio a ddim isio bod yn y Lolfa Las nac Ysgol Gorlan nac yn unlla arall yn y byd heblaw am Sŵn-yr-afon ar ddiwrnod braf. Ar y patio, Mam a Dad a finna. A dwi'n cau fy llygid ac yn teimlo gwres yr haul fel cadach molchi cynnas dros fy ngwynab, neu fel tân letrig yn y parlwr bach gefn gaeaf.

Ond, siŵr Dduw, mi ddaw rhywun i ddifetha'r darlun efo'i 'Siriol, wyt ti'n gwbod rhwbath?' A finna'n gorfod atab, eto fyth, 'Gwbod dim!'

Dai

'Monitro'r sefyllfa.' 'Na beth o'dd 'u gêm nhw. 'Cadw cofnod cyson' a rhyw ddwli fel'ny. Wedyn, newid tac, a'n hala at gang o 'sbesialists' – seicolojists, seiceiatrists galôr. Cwacs, yn pipo dros 'u sbectols, lawr 'u trwyne. A siarad â'r un dôn llais â Doctor Glyn.

'Mi fydd angan chwanag o dests, Mistar Morgan – 'dach chi'n dallt?'

Pwy ots amdana i? Dewi o'dd yn goffod godde.

'*Just a pin-prick, Dawi.*'

'*Look straight at the bright light, Dawi.*'

A neb ddim pripsyn callach ar ôl misho'dd hir.

Gadel iddyn nhw – 'na beth 'nes i. I dico'u bocsys, i gredu'n gydwybodol yn 'u gallu mowr i helpu dyn fel fi i fagu crwtyn bach â *special needs*.

A chan bwyll bach, o'n nhwthe'n dachre gadel llonydd i ni'n dou.

Siriol

Rhwbath arall, braf: dychmygu bod yn llofft Mam a Dad, yn eu gwylio drw'r ffenast fach yn gweithio efo'i gilydd yn rardd: Dad yn palu a phlannu a chwynnu; Mam yn ffysian efo'i photia bloda neu'n sgubo'r patio neu'n rhoi dillad ar y lein. A Dad yn sythu'n stiff bob hyn-a-hyn cyn suddo ar y fainc i gynnau'i getyn a gweitiad am ei banad. A Mam yn dŵad efo hambwrdd, a stêm yn codi o'r cwpana, a Dad yn sugno'i getyn a chwythu mwg a 'studio'i bapur; a Mam yn 'studio'i phanad, yn chwara'i bys ar hyd y rhimyn, rownd a rownd a rownd. Maen nhw'n dal dwylo weithia (rhyfadd gweld hen bobol yn gneud hynny), a Dad yn rhoi ei fraich am ysgwydd Mam. Ac maen nhw'n aros yn fan'no'n hir, heb ddeud gair.

Ac yna dwi 'nôl yn Gorlan eto, ac mae rhywun wrthi'n cwyno neu'n cega, a finna'n trio peidio meddwl petha brifo. Fatha 'mod i'n twyllo pawb yn rhacs.

Am fod Dewi wedi gofyn i mi.

A 'mod inna wedi gaddo.

Damia fo.

Dai

Bydde 'bach o help wedi bod yn help.

Alla i gyfadde hynny nawr.

A man a man i fi gyfadde rhwbeth arall 'fyd.

Heblaw am Eira Lewis, do'dd 'da fi neb.

Ond o'dd 'da hithe faich y jawl.

Misus Lewis

Rhoi clytia ar y lein o'n i'r bora hwnnw. Hen fora tywyll, y barrug yn hir yn clirio. Mi oedd Mam wrth ddrws y gegin yn magu Siriol yn ei siôl. Dwi'n cofio plygu i godi peg oedd wedi disgyn ar y llwybr, a sylwi ar y clwstwr newydd o eirlysia, fel petaen nhw wedi penderfynu codi'n fora a rhoi eu penna efo'i gilydd yn un côr. Codi'u penna, a chodi'n calonna ar fora tywyll – a dwi'n cofio meddwl, 'Da iawn, Eira! Sgwenna bennill bach am hynny!' A gwbod i sicrwydd na wnawn i'r ffasiwn beth.

Dwi'n cofio gwylio'r robin goch, un bach mentrus ar y naw fydda'n herio'r adar eraill a dwyn y briwsion reit o dan eu piga nhw. Mi oedd o'n hopian ar y patio, yn pigo rhwng y potia, cyn codi a glanio ar y lein, a swingio'n ddig'wilydd arni. 'Paid ti â meiddio baeddu'r clytia gwyn 'ma!' medda fi, a chwerthin a throi i ddeud wrth Mam am sbio ar ei giamocs gwirion. Ond ddaru hi ddim ymatab. 'Mond sbio'n daer ar Siriol yn y siôl fawr wen – siôl Nain Tyddyn, yn batryma astrus drwyddi, fatha barrug ar ffenast.

'Eira,' medda hi, a syllu ar yr wynab bach yn drwyn i gyd yn pipian arni.

'Be sy?' medda fi.

Dal i syllu ddaru hi, ac yna sibrwd, 'Dim,' cyn troi a chario'r bwndal gwyn i mewn i'r tŷ. A 'ngadal i a'r robin goch yn sbio ar ein gilydd.

Siriol

Y tu hwnt i glawdd rardd dwi'n medru gweld y Ddôl – Dôl Frwyn ydi ei henw iawn hi am mai afon Frwyn sy'n llifo lawr drw'i chanol. Mi ddaw hen grëyr glas i bysgota ynddi weithia, wrth y rhyd. Rhyd y Rhosyn 'dan ni ei galw hi, Dewi a fi. Wel Dewi, am ei fod o'n licio recordia Dafydd Iwan. Obsesd, a deud y gwir.

Dwi'n licio gweld y crëyr yn sefyll ar un goes, fatha un o'r sowldiwrs sgin Dewi mewn bocs pren yn Gorlan. Dwi'n gwbod eu bod nhw'n sefyll ar ddwy goes, ond mi fedrach dyngu, wrth ei weld o'n sefyll ar garrag fflat, a'i big yn troi ffor'-hyn-ac-arall, ei fod o'n sowldiwr ar dŵr castall Criciath, yn gwatshad allan am y gelyn.

Mi fydd 'na warthaig yn pori wrth yr afon, a weithia, ceffyla Stabla Fron. Mi ges i fynd am reid pan o'n i'n hogan bach. 'Mond unwaith, ac mi oedd hynny'n ddigon. O'n i'n smalio bod wrth 'y modd. Ond do'n i ddim, er eu bod nhw'n deud, 'Ti'n berffaith saff!' bob munud, ac yn cerddad efo mi wrth ben y blwmin ceffyl – Billy oedd ei enw fo. Gas gin i'r enw yna. Ond cofio Miss Lloyd-Williams yn canu'r gân o'n i, a finna ar ei glin yn Dosbarth Bach yn dredio'r 'Cwmpo ni'n dau!' pan fydda hi'n fy ngollwng at y llawr a finna'n dychryn drw' 'nhin ac allan ond ddim yn licio deud ac am fod pawb arall wrth eu bodd bob tro. Mi sylweddolodd hi a stopio gneud yn fuan iawn. O'n i'n meddwl, ar un adag, mai dyna'r rheswm pam na ches i gario mlaen yn Ysgol Llan. Gwirion, 'te.

Clawdd cyll sy rhyngon ni a'r Ddôl. Mi fydd Mam a Dad yn hel y cnau at Dolig a'u clymu mewn sacha bach ar gyfar nosweithia codi pres yn Ysgol Llan a Gorlan. Sgin i fawr i'w ddeud wrth gnau, ond dwi'n licio mwyar duon – yn syth ar ôl i Dad neu Mam eu hel nhw, neu mewn stiw neu deisan blât gin Mam.

Mi gyrhaeddodd ewig ddel un gwanwyn, a swatio wrth y clawdd. Wedi crwydro o goedwig Mynydd oedd hi a mynd ar goll. Mi oedd hi'n drist ei gweld hi, mor simsan ac unig ac wedi colli mam-a-dad. Ac er ei bod hi'n llwgu doedd hi ddim yn medru sugno'r botal laeth – fy hen un i – oedd Mam yn ei chynnig iddi. Pobol yr RSPCA aeth â hi yn diwadd, i ryw barc yn Sowth. Mi jeciodd Mam a Dad sawl gwaith ei bod hi'n iawn. Ond sut medra hi fod yn iawn? Dyna be dwi'n ofyn. Ar ei phen ei hun ymhell o'i chartra, yng nghanol lot o betha diarth?

Dwi'n meddwl amdani'n aml, yr hen Siriol Fach. Dyna oedd ei henw tra bu hi efo ni. Mae'n siŵr iddyn nhw roi enw arall arni ar ôl mynd â hi i'r Sowth. Ac mae'n siŵr ei bod hi wedi marw erbyn hyn.

Misus Lewis
Ddyddia'n ddiweddarach, mi o'n i'n hwylio cinio. Sbarion ddoe – ham, stwnsh tatws a moron – dwi'n cofio'n iawn. Mi oedd y gegin yn chwilboeth, rhwng y tân a'r popty, ac ella bod y confector mlaen – Mam 'di pregethu mor bwysig oedd cadw'r 'hogan bach' yn gynnas.

Mi oedd Siriol yn effro yn ei chrud, yn gneud syna bach diddig ac yn chwifio'i bysadd o flaen ei thrwyn. Ac mi oedd Mam yn pwyso mlaen yn y gadar Ercol, yn sbio ar Siriol ac yn chwifio'i bysadd hitha uwchben y crud. Bob hyn-a-hyn mi fydda'n cyffwrdd ym moch Siriol ac yn sibrwd, 'On'd wyt ti'n hogan dda?' ac 'On'd wyt ti'n hogan ddel?' Ac mi o'n inna'n sbio arnyn nhw eu dwy, wrth hwylio cinio yn y gwres.

Gosod platia ar y bwrdd o'n i – dwi'n cofio hynny – pan gododd hi Siriol yn ei breichia.

'Mam,' ddeudis i, ''dach chi'n difetha'r hogan, yn ei magu hi bob munud.' Ddaru hi ddim ymatab, 'mond siglo Siriol a syllu ar ei gwynab hi.

'Mam,' ddeudis i eto, 'llaciwch yr hen siôl yna. A rhowch Siriol yn ei hôl yn ei chrud.'

Ddeudodd hi ddim byd, 'mond tynnu'r siôl a rhoi Siriol yn ôl i orwadd.

'Rŵan, dowch at y bwrdd reit sydyn. Mi fydd hitha isio'i ffîd cyn hir.'

A dyna ddaru ni: eistadd, a dechra byta. A syllu draw at Siriol. A gwrando arni'n gneud ei syna diddig.

Siriol

Mae 'Sŵn-yr-afon' yn enw perffaith ar tŷ-ni gan fod afon Frwyn i'w chlywad ddydd a nos, waeth be 'di'r tywydd. Mae hi'n llifo lawr Allt Wern, a thros y Ddôl, a mlaen ar hyd y cwm heb sbio 'nôl. Sŵn hapus sgynni hi yn yr haf, sŵn chwerthin braf a hitha'n licio cosi'r cerrig. Sŵn gwahanol sgynni hi yng nghanol stormydd gaeaf, pan fydd ei dŵr yn rasio'n wyllt ac yn corddi'n ffroth i gyd. Mae hi'n beryg mynd yn agos ati'r adag honno, yn enwedig i drio croesi'r rhyd. Sŵn tawelwch glywch chi pan fydd hi wedi rhewi'n gorn mewn jêl o iâ. Dwi'n licio hynna – 'sŵn tawelwch'. Ac mae o'n berffaith bosib, 'tydi? Clywad sŵn dim byd. Nonsans ydi credu bo' petha naill ai'n dawal neu'n gneud sŵn. Mae Mam a Dad yn cytuno efo fi. Mae Dad yn clywad sŵn tawelwch, medda fo, ar ôl gorffan joban fawr, a'r holl ddrilio a morthwylio wedi gorffan, a fynta'n sbio'n falch ar ei waith, a'i ganmol ei hun. Mi fydd Mam yn licio gorffwys yn ei chadar Ercol yn y gegin ar ôl gorffan gwaith y dydd, a sŵn tawelwch iddi hi 'di cofio. A hiraethu, hefyd. Am Nain. Dwi'n gwbod hynny. Mae'n siŵr y bydda i 'run fath. Yn hiraethu. Am Mam a Dad. Pan fyddan nhw 'di marw. Pan fydda i ar fy mhen fy hun. Heb neb. Ond dwi'n trio peidio meddwl petha brifo fel'na.

Mae'r hen Flodyn, hyd yn oed, yn deud ei fod o'n medru clywad sŵn tawelwch. Dwi 'di gofyn iddo fo. Pan fydd pawb 'di mynd i gysgu, medda fo, mi eith o i'r Lolfa Las i ymlacio, 'mond y fo bach, bechod. Ac mi fydd sŵn tawelwch yn rhoi trefn ar betha. 'I feddwl mla'n, ontefe? I byslan beth yw'r plans.' Mae o'n licio holi hynny – 'Beth yw'r plans, blantos?' – er ei fod o'n gwbod be 'di'r plans yn well na neb. Am mai fo sy'n gneud y plans i gyd. Neu'n licio meddwl hynny. 'Fi yw'r bòs, ontefe?' Mae o'n licio meddwl hynny, hefyd. A chwerthin wrth ei ddeud o. Ond mae o'n dedli seriys, rîli. Isio bod yn fòs. Ac mi fydd pawb yn gadal iddo fo. I gredu hynny. I gredu rhwbath licith o. Mae o'n hapus, wedyn. Neu dyna be mae pawb yn feddwl.

Ond dwi wedi'i weld o'n drist. Yn y Lolfa Las. Yn cerddad rownd a rownd. Yn smalio sbio ar y llunia a'r rheola ar y walia; yn twtshiad petha – bloda, llyfra, switshys gola. A dwi wedi'i glywad o'n ochneidio. Bron â chrio, weithia. Ac ynta'n credu nad oedd neb yn sbio nac yn gwrando. Ond ddeuda i ddim wrth neb.

Misus Lewis

'Eira, 'tydi petha ddim yn iawn.'

Jest fel'na. A finna wrthi'n clirio'r llestri. A hitha'n hwylio panad. A'r llestri'n ratlo. A'i dwylo'n crynu wrth dollti'r te. A'r cyfan yn digwydd i gyfeiliant syna diddig Siriol yn ei chrud.

'Am ba "betha" 'dach chi'n sôn?'

Dyna ddeudis i. Hurt. Mor hurt.

'Dowch, deudwch. Be sy "ddim yn iawn"?'

Mi dasgodd ddiferion o de dros y bwrdd. Ac mi es i drw'r rigmarôl hurt – mor hurt – o ddeud 'hitiwch befo', ac estyn am gadach a sychu'r cyfan yn lân.

Mi steddodd hi ar flaen y gadar Ercol, a finna wrth y bwrdd. A ninna'n dwy'n sipian te. A finna'n syllu ar 'y nghwpan, yn chwara 'mys ar hyd y rhimyn – hen habit sgin i – a smalio brwsio briwsion oddi ar y lliain gwyn.

'Eira,' medda hi, 'wyt ti wedi sylwi, debyg . . .'

'Mam,' medda finna, yn brwydro i beidio gweiddi arni, 'os 'dach chi'n mynnu siarad mewn damhegion, dw inna'n gwrthod gwrando.'

Dwi'n cofio codi, a mynd i jecio ar Siriol, tynnu'r cwrlid at ei gên. Dwi'n cofio aros yno'n sbio arni, nes iddi droi ei phen a rhoi ei bawd yn ei cheg.

Dwi'n cofio Mam yn rhwbio'i llaw 'nôl ac ymlaen ar hyd braich y gadar.

A dwi'n cofio sut oedd hi'n sbio arna i, ar goll yn lân.

'Eira,' medda hi, o'r diwadd, 'dwi 'di peidio deud dim byd . . . wedi brathu 'nhafod . . . ond fedra i ddim – dim mwy. Achos 'tydi petha ddim yn iawn – ac mi wyt titha'n gwbod hynny.'

Dwi'n cofio teimlo cryndod.

Yno, yn y gegin gynnas.

A'r cloc yn tician fatha bom.

Siriol

Drw'r haf mae'r ardd yn llawn o liw. Bloda Mam – marigolds a dahlias a fuschias a phincs. A geraniums – pig-y-crëyr oedd enw Nain arnyn nhw, ond 'geranium' 'dan ni'n ddeud. Biti, hefyd, mae o'n enw tlws ac yn f'atgoffa i o grëyr glas y rhyd, er nad oes 'na – am wn i – geranium glas, ac er nad ydi o'n debyg iawn i big y crëyr. Ac mae 'na rosod ym mhob twll a chornal. 'Rhosyn Siriol' 'di'r un coch llachar sy'n gorchuddio'r wal. Hwnnw blannodd Dad ar ddiwrnod fy medyddio yn Eglwys Llan. A phys pêr maen nhw'n eu treinio fyny'r ffyn bambŵ. A'r lilis gwynion fatha clycha enfawr – Lilis Nain 'dan ni'n eu galw nhw; o'i gardd hi y daethon nhw 'stalwm-maith-yn-ôl. Ac mae'r 'fala'n tyfu'n fawr a choch, a'r russet pears. A thomatos Dad, wrth gwrs. A'r ffa a'r pys yn wyrdd a blasus.

Mae'r adar yn lliwgar hefyd – robin goch, titw tomos las, ji-bincs a choch-y-berllan – fatha petala'n fflio rownd y lle, neu fatha bloda ar friga'r coed.

Mistar Blodyn, bechod. Sgynno fo ddim hôps o fod mor dlws â'i enw.

Misus Lewis

Dwi'n cofio chwysu yn y gwres am sbel go hir. Mi oedd Siriol yn cysgu, a'r cloc yn tician. Dwi'n cofio Mam yn plygu mlaen a chyffwrdd yn fy llaw. A finna'n tynnu'n ôl. A dwi'n cofio'i hochenaid hi. Anghofia i fyth mo honno.

'Eira, fedri di ddim 'y nghau i allan.'

Dyna ddeudodd hi, gan chwilio am ei hancas.

'Ond dyna wyt ti'n neud, yntê?'

Dwi'n cofio codi, smalio hel rhyw ddillad, smalio'u plygu.

'Ers pryd wyt ti'n ama, Eira? Ers pryd wyt ti'n gwbod?'

A finna'n ffrwydro.

'Nefi wen! Fedra i ddim diodda hyn! Deudwch be sy ar eich meddwl, ddynas! Hynny neu gau eich ceg!'

A stormio allan.

A'r robin goch yn fflio i ben wal 'di dychryn.

Siriol

Yn y gwanwyn, mi fydd y brain yn brysur ym mhen draw'r Ddôl, yn nythu, bwydo cywion, ffraeo – petha 'normal' natur, medda Dad. Ond bechod bod eu crawc mor gras a bod rhwbath milain yn eu cylch. Maen nhw'n medru bod yn greulon – pigo llygid yr ŵyn bach – gynddrwg ag adar ysglyfaethus, medda Dad. Does dim rhyfadd bod ffarmwrs am eu gwaed. A'r garddwrs fatha Dad. A bod rhaid cael bwgan brain i'w dychryn. A bod rhaid eu saethu a chrogi'u cyrff ar weiran bigog. A'r cywion yn amddifad yn y nythod. Petha 'normal' natur ydi'r cyfan, medda Dad. Ond 'di petha 'normal' natur ddim yn siwtio pawb bob amser.

Dwi'n licio gweld adar bach y to'n brysur o dan y bondo a'r colomennod yn dawnsio ar y lawnt. Ac mi fydd Mam yn chwerthin ac yn deud, 'Sbia'r adar mewn cariad!' A phan welith hi'r mwyeilch ar gynffonna'i gilydd rhwng y llwyni mi ddeudith, 'A sbia arni hitha'n chwara *hard to get!*' Dyna fydda hi a'r genod yn neud 'stalwm, medda hi: smalio peidio cymyd sylw pan fydda'r hogia'n eu ffansïo ar y sgwâr neu ar iard yr ysgol ar ôl rUrdd. Ond weithia, medda hi, gan wenu'n od, mi fydda amball hogyn a hogan yn 'dallt ei gilydd' ac yn mynd tu cefn i'r sheltar i gael sws.

'Dan ni'n cael hwyl pan fydd hi'n adrodd ei straeon 'stalwm, a hitha'n pwnio Dad slei-bach a deud, 'Yntê, Elfyn?' a 'Ti'n cofio, Elfyn?' Ac ynta'n gwenu ac yn atab, 'Dwi'n deud dim, Eira, nac yn cofio dim,' ac yn tynnu ar ei getyn.

Mae Dad a Mam yn 'dallt ei gilydd' yn well na neb dwi'n nabod – heblaw amdana i a Dewi.

Draw'r tu hwnt i'r Ddôl, mae'r gors – Gors Lwyd, am ei bod hi'n llwyd bob amsar, waeth be 'di'r tymor, waeth be 'di'r tywydd. Ac mae 'na gymyla llwyd yn hofran neu'n chwyrlïo uwch ei phen hi drw'r flwyddyn. Yno, yn yr awyr lwyd, dwi'n gweld adar anfarth, efo adenydd a chrafanga peryg, yn troelli, troelli.

Dwi'n meddwl, weithia, mai yn fy mhen dwi'n gweld y petha 'ma i gyd.

Ond dwi'n cofio wedyn am fy sbectol hud.

Misus Lewis

Mi steddis i am 'dwn i'm faint. Ym mhen draw'r ardd. Fi a'r picsi smala sy'n gwylio pawb. A'r eira'n pluo. A finna'n fferru.

A chodi o'r diwadd, a cherddad at y tŷ.

A sbio mewn drwy'r ffenast.

A gweld Mam yn chwara'i bysadd fel chwara piano uwchben y crud.

Siriol

Bob gwanwyn, mi fydd Dad yn gosod bwgan brain yng nghanol ei batsh plannu. Yr un un fydd o bob blwyddyn – Misus Thatshar – ond 'dan ni'n cael hwyl wrth ddewis dillad newydd iddo fo a gwisgo'r sgerbwd hyll yn hardd. Dwi'n gwbod mai dynas ydi Misus Thatshar, ond dyn 'di'n Misus Thatshar ni am mai hen ddillada Dad fyddwn ni'n eu rhoi amdano. Unwaith yn unig ddaru ni ei wisgo yn hen betha Mam a fi – het haul a sgert a blows – ond mi oedd o'n 'rhy drist o gomic', chadal Mam, yn 'rhy ddel i ddychryn neb na dim', chadal Dad. Felly mi newidion ni fo 'nôl i wisgo hen grysbas a throwsus melfaréd.

Ond waeth be mae o'n ei wisgo, a waeth pa mor hyll y bydd Mam yn gneud ei wynab a'i wallt o wellt, mi fydd yr adar yn dal i'w anwybyddu ac yn pigo'r egin betha. Mae Dad yn deud, 'Be 'di'r pwynt?' bob blwyddyn, ond yn dal ati, chwara teg. Ac mae'r petha mae o'n eu tyfu'n flasus – lot gwell na'r stoj gawn ni yn ffreutur Gorlan – er ein bod ni'n atab, 'Blasus iawn!' fel côr bob tro y bydd Mistar Blodyn yn holi, 'o'dd y bwyd yn flasus, blantos?'

Misus Lewis

Llun mewn albwm: dyna o'n i'n ei weld. Hen wraig hannar cant mewn cadar Ercol, a hogan saith ar hugain yn swatio wrth ei thraed. A'r ddwy'n sbio ar fabi hannar blwydd mewn crud. Wedi mopio'n lân.

A Mam yn mwytho cefn fy mhen. Yn mwmial, 'Dyna ti, 'mach i, dyna ti.'

A finna'n mynnu rhwygo'r llun yn rhacs wrth godi 'mhen a gweiddi'n ddidrugaradd arni.

'"Dyna ti?" Be ddiawch 'di ystyr hynny?'

A hitha'n crefu arna i. 'Paid â gweiddi, Eira. Fedra i ddim godda . . .'

'Godda!' medda fi. 'Sgynnoch chi ddim syniad! Fi sy wedi godda! Fi ac Elfyn! O'r eiliad o'n ni'n ama! Drw'r holl fusnas creulon! Dwy ymwelydd iechyd – dwy! – yn hau hen ofna! A Doctor Glyn a Nyrs Amanda! A'r sbesialist ym Mangor! A godda fyddwn ni eto pan awn ni draw i Lerpwl!'

'Tasat ti 'mond wedi deud . . .'

'Sut fedrwn i? A finna gymint o ofn?'

'Am mai fi 'di dy fam di, Eira. Am mai fi 'di nain yr hogan bach. A dwi isio rhannu'r baich.'

Dyna pryd afaelis i yn Siriol a'i gwasgu ata i. Yn dynn. Yn saff. A'i siglo hi. Yn ôl a blaen. Yn ffyrnig.

'Fi pia'r baich! Fi! Hogan Mam 'di Siriol ni, yntê?'

A Siriol yn anesmwytho, ei dwylo bach yn wafio, ei phen yn troi ffor'-hyn-ffor'-arall fatha doli glwt, ei llygid ynghau fel rhai cath fach ddiwrnod oed.

Ond toeddan nhw ddim ynghau. Mi o'n nhw'n gilagorad. Yn hannar sbio arna i. Reit i 'ngwynab i.

Dwi'n cofio sylweddoli bod Elfyn wrth f'ochor. Dwi'n cofio gweiddi yn ei wynab, 'Yntê! Yntê! Yntê!'

Ac ynta'n lapio'i freichia amdanon ni. Fo a fi a Siriol. Yn dynn. Yn saff.

A Mam yn sbio arnon ni.

'Pam na ddeudoch chi, Elfyn?' medda hi.

'Dwi'm yn gwbod, Nain,' medda fo.

Siriol

Gas gin i biod. A sgin bwgan da-i-ddim fel Misus Thatshar ddim hôps o'u dychryn gan mai nhw 'di adar powldia'r byd. Nhw a hen wylanod. Mae Dewi'n anghytuno – fel'na mae o. Fyltshyrs ydi'r adar powldia, medda fo. Ac adar ysglyfaethus fatha'r Eryr Aur. Ac ostritshys, pan gân nhw eu hambygio. Ond dwi'n gwbod dim am betha fel'na. Piod a gwylanod ydi'r adar powldia yn fy myd bach i, a dyna fo.

'Offeiriaid y Fall! Ôl hands on dec!' Pan fydd Dad yn gweiddi hynny, mi fydd o a Mam yn rhuthro i blagio'r piod â cherrig ac i weiddi a hwtian am y gora. A'r cnafon drwg yn malio dim wrth gecru a llercian yn y coed neu blymio fath ag eroplêns i'r doman. Mi faswn i'n licio teimlo biti drostyn nhw, fel y brain, ond tydw i ddim. Achos maen nhw'n codi dychryn arna i. Nhw a'u hanlwc.

'*One for sorrow, two for joy . . .*'

Nain fydda'n deud hynny. Ac mi fydda hi'n chwilio am ail biodan, ac yn gneud yn siŵr bod rhywun arall yn ei gweld hi, hefyd. A Mam, mewn hwylia da, yn chwerthin am ei phen a deud, 'Hen ofergoel gwlad!' Neu, mewn hwylia drwg, yn ei dwrdio.

Fydd Mam ddim mewn hwylia drwg yn aml. 'Mond efo Duw, pan fydd petha'n mynd o chwith, a hitha'n holi, 'Dduw mawr, be dwi 'di neud i haeddu hyn?' Ac efo fi pan fydda i wedi mynd ar streic a gwrthod gneud dim byd yn iawn. Ac efo Dad, am fod yn Dad. Ac efo Dai yr Hwntw Gwyllt pan fydd o'n gneud ei gastia gwirion. Ac efo unrhyw un sy'n gas wrth Dewi. Ac efo Dewi, pan fydd o'n chwara'n wirion.

Pan fydd hi'n flin efo Dad a fi, cadw draw sy ora. 'Cadw allan o drwbwl!' chadal Dad. A dyna 'dan ni'n neud. Aros nes bydd 'y storm wedi chwythu'i phlwc'.

Dyna be oedd Nain yn neud hefyd. Mynd i stafall arall, neu smalio mynd am negas i siop Llan.

Dwi'n rhyw feddwl, weithia, bod y piod yn trefnu'n ddistaw bach i ddial arnon ni – Dad a Mam a finna.

'Siriol, paid â meddwl petha gwirion fel'na!' Dyna be mae Mam yn ddeud. Ond fedra i ddim help. Am fod meddwl petha gwirion yn well na meddwl petha brifo.

Dwi ddim yn deud y petha brifo wrth Mam a Dad. Ddeuda i ddim wrth neb ym mhentra Llan nac yn Ysgol Gorlan. Neb ond Dewi. A ddeudith o ddim byd wrth neb.

Dwi'n colli Nain. Mae Mam yn ei cholli hefyd. Mi oedd hi'n ddynas ddoeth, yn gysur ac yn gefn. Dyna ddeudodd Mam, ddiwrnod marw Nain.

Mae 'na fwy nag un biodan yn yr ardd fel arfar. Ella mai Nain sy'n gneud yn siŵr ein bod ni'n saff i gyd yn Sŵn-yr-afon.

Neu ella Duw.

Misus Lewis

Hyd y dydd heddiw, tydan ni ddim yn gwbod, Elfyn na finna. Pam na ddaru ni ddeud wrth Mam. Rhannu'n hofna a'n gofid. Gadal iddi rannu'r baich.

Matar o gau llygid, ella.
Peidio wynebu petha.
Peidio cyfadda.

Afresymol.
Anystyriol.
Creulon.

Dyna oeddan ni.

Achos mi oedd lot yn gwbod – y byd yn fach, aballu.
Ac mi oedd hynny'n halan ar y briw i Mam.

Ond mi lynodd hi efo ni at y diwadd un.
A dwi'n ei cholli hi fel colli llaw.

Siriol

Gwylanod, wedyn, yn cylchu'n bowld a phiwis, yn 'Wâ-wâ-wâ' a 'Gec-gec-gec' i gyd. Wedi colli'u ffordd maen nhw, medda Dad, a gorfod hel eu tamad berfadd gwlad, ar lan afon Frwyn. Maen nhw'n bla adag hau a chodi tatws a diwrnod lori ludw. Ar lan y môr ma'u lle nhw, medda Dad – Cei Caernarfon, Pier Bangor, Promenâd Llandudno – yn dwyn bechdana ac eis-crîms a ffish-a-tships o dan drwyna fisitors. Dyna fydd o'n ddeud. A chwerthin, a deud bod fisitors yn wirion bôst, yn gadal i wylanod fflio rings o'u cwmpas.

A finna'n chwerthin hefyd.

Dwi ddim wedi sôn 'run gair am be ddigwyddodd imi'r diwrnod hwnnw yn Llandudno. Ar y trip i'r Happy Valley. A cheith o'm gwbod, fo na Mam. Mae Tom-a-Jo-a-Cadi wedi gaddo. Achos toedd o ddim yn Happy Valley. Ddim i fi. Pan ddaru'r gwylanod ddŵad ar f'ôl i. Ar ein hola ni gyd. 'Di ffansïo'n picnic ni. Adenydd fatha eroplêns, piga fatha bacha, crafanga'n dŵad am ein penna. A Tom-a-Jo-a-Cadi'n chwifio'u breichia, yn tynnu hwn a gwthio'r llall. Pawb yn trio dianc. A neb yn sylwi 'mod i'n sownd, fy nghadar wedi jamio, yn methu gneud dim byd ond codi 'mraich i guddio 'mhen a 'ngwynab. A sgrechian. Sgrechian fatha gwylan. A Jo'n gweiddi 'Pawb i mewn i'r sheltar!' ac yn rhedag yn ei hôl i wthio 'nghadar. Ond dyma'r wylan wallgo 'ma yn deifio lawr amdanon ni a'i chrafanc yn crafu 'mraich i. A dyma Dewi'n dŵad o rywla a gweiddi, 'Geronimo!' a rhuthro'n wyllt amdani, ei grys yn chwyrlïo rownd ei ben a'i gyrru hi i ffwrdd. Eu gyrru nhw i ffwrdd i gyd. Pob un wan jac. A gwenu arna i.

Yn y minibus, a phawb yn saff, a finna 'di cael plastar ar 'y mraich, mi welson ni'r ochor ddoniol. Chwerthin, gneud syna gwirion 'Wa-wâ-wâ' a 'Gec-gec-gec'. Ac mi ddaeth Jo ata i a rhoi ei braich amdana i a deud, 'Hitia befo, Siriol. Hen fwlis ydan nhw.'

Mae gin i graith o hyd. Un bitw fach. Dim byd i dynnu sylw Mam a Dad.

Misus Lewis

Diffygion gweld, ynghyd â chloffni mawr. 'Anlwc' a 'chydddigwyddiad'. *'Freak genetic syndrome.'* Dyna oedd y farn. Y deiagnosis. Creulon.

Oes ryfadd 'mod i wedi crio? Bob yn ail â gwylltio? A thrio dallt. A holi ac ymchwilio. Mynd at hwn-a'r-llall-ac-arall, i'r clinic hwn a'r ysbyty acw. A mynnu bod Siriol yn cael y sylw gora posib.

Nes i Elfyn fentro deud, 'Be 'di'r pwynt? Gad lonydd i betha, Eira. Dyna'r drefn, a fedrwn ni neud dim byd i'w herio hi na'i newid hi.'

Cytuno, dyna ddaru mi. Yn diwadd.

Ildio i'r drefn.

A'i derbyn.

Siriol

Pan fydd yr haf yn tynnu ato, mi fydd 'na res o wenoliaid yn hofran ar y wifran letrig, cyn codi'n gwmwl du wrth baratoi i fflio draw i Sbaen neu Affrica. Dwi 'di bod yn deud, 'Ta-ta!' a 'Siwrna dda!' bob blwyddyn, ers o'n i'n hogan bach. A phoeni eu gweld nhw'n mynd. Meddwl am y siwrna bell, y gwyntoedd a'r tywydd garw. A miloedd – miliyna, medda Dewi – byth yn cyrradd. Faswn i byth yn cyfadda wrtho fo nad oes gin i syniad faint 'di 'miliwn' na 'miliyna'. Na biliyna na thriliyna. 'Mond dychmygu lot o sbotia duon yn disgyn lawr o'r awyr rhwng fan hyn a Sbaen ac Affrica, ac yn bobian ar y tonna, a'r pysgod a'r siarcod a'r morfilod yn eu sglaffio nes bod dim ar ôl ond plu bach du.

'Toes 'na'm morfilod rhwng fan hyn a Sbaen, medda

Dewi. Mae 'na siarcod, medda fo, a siarcod a morfilod rhwng fan hyn ac Affrica. Ac mae o'n deud ei fod o'n gwbod faint 'di miliwn, biliwn, triliwn – ziliwn, hyd yn oed. Dwi ddim yn ei gredu fo. Ac eniwê, sgin i ddim diddordab. Mae bywyd yn rhy fyr. Dyna be mae Mam yn ddeud am betha dibwys.

'Wela i chi'r flwyddyn nesa!'

Dyna o'n i'n arfar weiddi ar y cwmwl du, wrth ei weld o'n codi a diflannu dros y Ddôl. A methu dallt pa un o'r cannoedd adar oedd y bòs. Hwnnw sy'n codi gynta, milfad eiliad cyn y lleill, sy'n ei ddilyn fatha defaid. ('*Fatha* defaid' – dyna ddeudis i wrth Mistar Blodyn, hefyd. Ond chwerthin ddaru o, 'run fath.)

O'n i'n clywad eu sŵn nhw fatha letrig yn fy mhen. ('Trydan', 'trydar' – maen nhw'n debyg, 'tydan?) Rhyw hymian rhyfadd. A Dad yn rhoi ei gomentari, fatha gewch chi ar y telefision: 'Maen nhw'n un rhes hir, aflonydd. Glywi di nhw? Yn sgwrsio, trefnu, penderfynu fatha pwyllgor. A sbia, dyna nhw'r ceffyla blaen – sori, y gwenoliaid blaen! Nhw fydd yn arwain, wel'di . . .'

Mae o wastad wedi deud petha fatha 'wel'di' ac 'yli' a 'sbia' wrtha i. A Mam, hefyd. A dwi'n falch o hynny. Achos dyna pam dwi'n gweld mor glir. Efo help Dad a Mam – a fy sbectol hud.

Dwi ddim yn gweiddi, 'Wela i chi'r flwyddyn nesa!' mwyach.

'Dach chi byth yn gwbod, nac'dach?

Misus Lewis

Tydw i ddim yn holi rŵan.

Nac ymchwilio.

Nac yn gwylltio.

A dwi 'di stopio crio.

Wel, bron iawn.

Siriol

Mae Dewi wedi dŵad yn ei ôl. 'Panics drosodd unwaith eto!' chadal Cadi. Ac mi oedd pawb yn hapus unwaith eto. Pawb ond fi.

Tynnu'r trimins oeddan ni. Y rhai oedd yn medru. Amball un yn cael dringo'r ystol fach – Tom-a-Jo-a-Cadi sy'n dringo'r ystol fawr – a'r gweddill ohonan ni'r pŵr dabs – Mistar Blodyn sy'n deud hynny – yn plygu'r petha papur ac yn stwffio'r petha aur ac arian i fagia plastig a rhoi'r peli bach mewn bocsys. Mi oedd hi'n chwith gweld y goedan yn cael ei llusgo ar hyd lawr, a'r piga fatha carpad gwyrdd ar hyd y coridor. Ond cyn hir mi oedd pobman wedi'i frwsio a'i sbriwsio'n lân – 'ship-shêp' a 'bac tŵ normal', chadal Mistar Blodyn.

A'r Awr Dawal wedi dechra. A dim i'w glywad ond troli ffisig Nyrs Lloyd yn mynd o'r naill 'pŵr dab' i'r llall.

Ia, 'bac tŵ normal'. Finna yn fy nghadar yn y Lolfa Las, yn flin – unwaith eto – efo Dewi am fod mor stiwpid â diflannu – unwaith eto. Yn flin efo fi fy hun am dwyllo pobol eto, ac am fethu gneud dim byd ond lolian yn fy nghadar ar ganol y llawr yn sbio ar y mynd-a'r-dŵad. Yr un hen stori.

Pwy oedd ar ei rownds, yn sgwrsio efo hwn a'r llall, ond Mistar Blodyn. Mae o'n licio dŵad i jecio ar bawb cyn amsar gwely. Mi oedd o'n cadw llygad arna i, mi o'n i'n gwbod hynny. Felly mi o'n i'n smalio cysgu. Ond mi dynnodd gadar at fy nghadar i a sbio arna i nes o'n i'n teimlo'n reit annifyr.

'Siriol?' medda fo. Sibrwd oedd o, gan ei bod hi'n Awr Dawal.

'Ia?' medda fi.

'Ti'n olréit?' medda fo.

'Ydw, champion,' medda fi.

Nodio ddaru o. Dyna fydd o'n neud pan fydd o'n styc, ddim yn siŵr be i ddeud nesa.

'Wel?' medda fo eto, ac mi oedd o'n dal i sibrwd. 'O's rhwbeth ar dy feddwl di?'

'Nacoes,' medda fi, ''mond 'i bod hi'n bechod gorfod tynnu'r trimins.'

'Ody,' medda fo.

'A gweld y goedan yn cael ei llusgo ar hyd lawr.'

'Ie,' medda fo, 'ond fel'na ma' hi yn yr hen fyd 'ma, ontefe?'

Pregath, dyna o'n i'n ddisgwyl. Mae o'n giamstar arni. Ac yn meddwl ei fod o'n glyfar. Smalio deud hen stori fatha damag yn y Beibil. Ond pregethu fydd o. A dyna ddaru o heno: deud bod pob dim da yn dod i ben a bod rhaid i ninna symud mlaen.

'A chofia hyn,' medda fo, 'fe gawn ni Nadolig Llawen y flwyddyn nesa 'to, os byw ac iach.'

'Ac mi fydd coedan arall yn cael ei llusgo ar hyd lawr.'

'Ti'n eitha reit,' medda fo, a sbio arna i.

'Siriol?' medda fo o'r diwadd, ac mi oedd o'n sibrwd mor

ddistaw, mi oedd hi'n anodd ei glywad o. 'Ti'n moyn gweud rhwbeth wrtha i?'

'Fatha beth?' medda fi.

'Ble ma' Dewi heno?'

Ddeudis i ddim byd. Na fynta. Dim ond nodio, a chosi'i wddw o dan golar ei grys.

Isio imi ddallt oedd o, mi o'n i'n gwbod hynny, ein bod ni'n dallt ein gilydd, fo a fi. Ac yna mi gododd a mynd i mewn i'w swyddfa.

Mistar Fflowar

Dewch i fi gael gweud un peth reit o'r dechre. Galwedigeth – 'na beth yw 'ngwaith i. Dim rhyw dipyn jobyn naw-tan-bump. A'r *bottom line*? Cyfrifoldeb ac ymroddiad.

Ond beth am fwynhad? A boddhad? Y *job satisfaction* bondigrybwyll? Mae'r cwbwl yn bwysig, wrth reswm. Ac yn ddeublyg. Y mwynhad beunyddiol o weld y darne bach yn y jig-so'n mynd i'w lle priodol; a'r boddhad dyfnach ac ehangach, dros y misoedd a'r blynyddoedd, o weld y jig-so mowr yn dod ynghyd i ffurfio darlun cyfan a chynhwysfawr.

Ond fe weda i hyn: mae dyn yn cael profiade anodd ambell waith, profiade codi-gwallt-eich-pen sy'n eich sobri neu'n eich shiglo chi i'r byw. Ac mae agwedd dyn yn newid gydag amser; fe ddaw e i ddeall ystyr geirie fel 'gwyleidd-dra' a 'braint' ac 'anrhydedd'. Achos 'na beth yw 'ngwaith beunyddiol i – braint ac anrhydedd wrth drio gneud 'y ngore dros eneidie bach sy mor ddibynnol arna i. 'Mae'r gofal i gyd arna i,' ys dywed yr hwiangerdd.

A bod yn deg, so dyn ar ei ben ei hunan yn llwyr. Dim â staff ymroddedig yn gefen iddo fe. A fydde dim pwrpas i fi drio cyflawni'r alwedigeth 'ma heb dîm cadarn. A 'na beth y'n ni – tîm. A'n nod yw gwella ansawdd bywyd plant diniwed ac anffodus.

'Diniwed' wedes i? So hynny cweit yn wir yn achos lot o'r rabsgaliwns bach! Mae gofyn codi'n fore i gadw ar y bla'n i ambell dderyn brith, ac ambell haden hefyd! Y siort o blant sy'n cynnig sialens enfawr i ni. Ond mae hynny'n bwysig, cofiwch. 'Sdim byd fel sialens i dynnu'r gore mas o'r plant – a ninne'r staff.

Siriol

Mi o'n i wedi dechra poeni. Munud i fynd cyn wyth o'r gloch, a finna'n sbio ar y cloc bob yn ail â drws y ffrynt. Ac yn sydyn, mi oedd y blwmin Blodyn yn sefyll y tu cefn i mi, ac yn sibrwd, 'Siriol, wyt ti'n 'i ddishgwl e am wyth?'

Ac yn union fel tasan ni mewn drama, pwy gerddodd mewn yn jarff i gyd ond Dewi.

'Panics drosodd unwaith eto!' medda Cadi.

'Hold on, Defi John!' medda'r Blodyn, gan gamu ato fo.

'Dewi Samuel Miles ydw i!' medda Dewi.

'Cau dy geg, y twpsyn dwl!'

A phawb yn dawal, er bod yr Awr Dawal newydd orffan. Pawb yn disgwyl i rwbath ddigwydd. Ond ddigwyddodd affliw o ddim byd. Heblaw am y Blodyn yn deud mewn llais bach neis, 'Ma'n ddrwg 'da fi, Dewi, ond ma'n rhaid i'r busnes 'ma stopo. Neud inni fecso fel hyn. Fi a'r staff i gyd.'

Mi ddechreuodd Dewi ddeud ei 'Sori, Mistar Fflowar...'
Ond yn sydyn mi waeddodd hwnnw arno fo eto fel na welson
ni'r ffasiwn beth erioed, a phwyntio'i fys reit i'w wynab o.

'Paid ti â meiddio gweud mor "sori" wyt ti! A thithe ddim
yn "sori" o gwbwl, y mwnci bach! Ond fe weda i hyn wrthot
ti, a'i weud e o fla'n pawb – ma'r busnes 'ma'n mynd i stopo!
Wyt – ti'n – deall?'

Mi gyrhaeddodd Jo o rywla a gafal yn llaw Dewi.

'Lle fuost ti?' medda hi.

'Am dro,' medda fi.

'Er mwyn y nefo'dd, Siriol!' medda'r Blodyn 'Gad i'r crwt
ateb! Nawrte, Dewi, pam benderfynest ti fynd "am dro", heb
weud wrth neb?'

'Poen bol,' medda fi, 'ar ôl swpar. Isio awyr iach . . .'

'Awyr iach, myn yffach i! A fynte mas ers orie!'

A Jo'n sbio cyllyll arno fo, isio iddo fo gau ei hen geg
fawr. Erbyn hyn mi oedd Tom a Cadi a Nyrs Lloyd yn hel
pawb ar hyd y coridor gan smalio'i bod hi'n amsar gwely.
A phawb ond y 'pŵr dabs' twpa'n protestio, ddim isio colli'r
sbort.

'Dewi,' medda Jo eto, a gwasgu'i law, 'oes 'na rwbath yn dy
boeni di?'

'Nacoes,' medda fi, 'dim byd.'

Ochneidio ddaru Mistar Blodyn ond mi gariodd Jo
ymlaen yn selog.

'Dewi, mi oedd Siriol yn poeni hefyd.'

Mi sbiodd Dewi arna i, a finna arno ynta.

'Bob tro wyt ti'n diflannu,' medda Jo, 'mae hi'n poeni'i
henaid. Yn teimlo cyfrifoldab. A ti'n gwbod pam?'

Mi sgydwodd Dewi'i ben. A dyna pryd y teimlis i'r dagra'n pigo.

'Wel, mi ddeuda i wrthat ti,' medda Jo. 'Am eich bod chi'n ffrindia gora. Wyt ti'n cytuno?'

'Ddim yn gwbod,' medda fo. 'Isio mynd i 'ngwely.'

Taswn i wedi medru codi o 'nghadar, mi faswn i wedi'i hitio fo. Rhoi swadan reit ar draws ei ben o. Ond fedrwn i ddim. Ac eniwê, do'n i ddim yn medru gweld drw'r dagra.

'Cyn iti fynd,' medda Jo eto, 'dwi am ofyn rhwbath pwysig. A dwi am i ti feddwl cyn atab.'

Mi oedd Dewi'n sbio'n rhyfadd arni.

'Rŵan,' medda Jo, 'wyt ti'n sylweddoli bod Siriol yn poeni'n arw amdanat ti?'

'Nac'di!' medda fi. 'Sgynno fo ddim syniad!'

'Wyt titha'n poeni am Siriol, weithia?'

'Nac'di'n tad!'

Dyna pryd y penderfynodd Dewi ddechra actio. O do, o flaen fy feri llygid, mi benderfynodd unwaith eto actio'r hogyn bach diniwad.

'Sori, Siriol,' medda fo, gan sbio ar y llawr. 'A-sori-Mistar-Fflowar-sori-Jo.'

Mi ochneidiodd Mistar Blodyn eto, a derbyn cael ei dwyllo eto fyth. A rhoi'i fraich am ysgwydd Dewi, fel petai ynta, hefyd, yn un o'i ffrindia gora.

'Dewi bach, sawl gwaith ma' isie gweud? Dim ond iti ofyn, fe ddaw rhywun 'da ti'n gwmni mas am wâc. Neud yn siŵr dy fod ti'n iawn yw'n job ni.'

Mi oedd Dewi'n dal i syllu ar y llawr, ei ddwylo ym

mhocedi'i gôt. Mi oedd o'n cuddio rhwbath, ac o'n i'n gwbod beth.

'Reit, 'na ddigon o bregethu. Cer i'r gwely'n fachan da, a dim mwy o'r nonsens 'ma – olréit?'

Ac i mewn â Mistar Blodyn i'w swyddfa a chau'r drws.

Mi gynigiodd Jo neud coco i ni, a phan ddiflannodd hi mewn i'r ffreutur mi dynnodd Dewi ddyrnaid o licrish olsorts hyll o'i bocad a'u cynnig nhw i mi.

'Cadw dy fferins 'ffernol!' medda fi. '"Stôlen properti" ydan nhw yntê! Rho nhw i dy "ffrindia gora" di – pwy bynnag ydan nhw!'

Mi stwffiodd y dyrnaid i'w geg a sbio'n stiwpid arna i.

'Ar ôl pob dim dwi 'di neud!' medda fi, 'twyllo pobol, deud celwydda – dyma dy ddiolch di! A phaid â meiddio deud dy fod ti'n sori!'

Ond 'Sori, Siriol' arall ges i, a'i hen wên fach brifo. Ac i ffwrdd â fo i lawr y coridor – bang i mewn i Jo. Mi sbiodd o arni, ei focha wedi chwyddo fatha rhai'r hamstars stiwpid sgynnon ni ym mhortsh cefn Gorlan. Mi oedd hi mor cŵl, y cyfan ddaru hi oedd estyn ei llaw agorad.

'Tyd â'r gweddill, Dewi. Rhag ofn iti fynd yn sâl, yli. Poen bol, aballu – yntê, Siriol?'

Mi oedd o wedi'i ddal yn ffêr.

'A'r tro nesa wyt ti'n ffansi fferins, gofyn am bres pocad. Ac mi ddaw rhywun efo ti. A fydd dim angan i Siriol ddeud c'lwydda – na fydd Siriol?'

Mi sbion ni'n tri ar ein gilydd – am funud cyfan, mae'n siŵr, tasa gynnon ni stopwatsh – cyn i Dewi stwffio'r petha licrish hyll i law Jo a deud, 'Sori, Jo.'

'A deuda "Sori" wrth Siriol, fel tasat ti'n 'i feddwl o.'

Mi drodd o ata i, a gafal yn fy llaw.

'Dwi wir-yr yn sori, Siriol.'

O'n i'n sbio mewn i'w lygid o, yn trio sbio mewn i'w ben o.

Troi at ddrws y ffreutur ddaru Jo.

'Coco ar 'i ffordd.'

Pan ddiflannodd hi drw'r drws, mi ges i 'Sori, Siriol,' arall.

'Tŵ lêt!' medda fi, a rowlio 'nghadar lawr y coridor, a'i adal o ar ôl.

Mi drois 'y mhen wrth gyrradd drysa'r dorms a'i weld o'n sbio'n rhyfadd arna i. A thu ôl iddo fo, ym mhen draw'r coridor, mi oedd Jo'n sbio'n rhyfadd arno ynta.

Neu arnan ni ein dau?

Tydw i ddim yn siŵr.

A thydi hi ddim yn 'tŵ lêt' ar Dewi.

Achos dwi 'di madda iddo fo. Heno eto.

Mistar Fflowar

Dewi Miles – enigma. Arian byw o grwt, a digon annw'l, yn y bôn. Ond dwfwn, cymhleth, anodd iawn ei drin. A 'sdim un 'arbenigwr' erio'd wedi mynd ati i ddadansoddi ac egluro'i gyflwr. Y gwir yw, so nhw'n gwbod. Dim eidïa, obadeia. 'Na'r *bottom line*.

Ma'i ffeil e'n dene: ambell adroddiad, argymhelliad, rhywfaint o drosglwyddo gwybodeth rhwng hwn a'r llall – *liaising* yw'r gair mowr y dyddie hyn. Fe gafwyd ambell ddeiagnosis posib. Dim byd pendant. Mewn geirie plaen, lot fowr o waffl.

Mae'r sefyllfa'n annerbyniol tost. Fe ddyle crwt deuddeg o'd, sy'n alluog yn ei ffordd fach od ei hunan, ga'l cefnogeth ac arweiniad. Ond beth gafodd e 'ddar o'dd e'n un bach? I ddechre, magwreth 'anghonfensiynol', andwyol iawn 'da'i lystad egsentrig – hipi dwl os buodd un erio'd. Ond rhwng y Gwasanaethe Cymdeithasol a'u cawl ynglŷn â hynny. Allwn ni ddim neud popeth. Wedyn, ei wahardd o'i ysgol fach leol – ond sa i'n eu beio nhw am eiliad. Y dull gweithredu – 'na beth sy'n 'y mlino i. Ei hwpo fe arnon ni, 'na beth nelon nhw, heb fawr ddim ymgynghori. Llond côl o ffurflenni i'w llenwi, bocsys i'w tico, a hei-presto – 'Croeso i'r disgybl bach newydd i Ysgol Gorlan!'

Ie, jobyn 'golchi dwylo' os buodd un erio'd.

Y gwir yw, Ysgol Gorlan yw'r talcen caled, a ni'r staff yw'r gwithwrs ar y ffas – dim rhyw bobol ddiwyneb mewn swyddfa, sy'n llunio adroddiade fydd yn sylfaen i adroddiad arall eto fyth. Ac, wrth gwrs, mae'r 'arbenigwyr' bondigrybwyll yn cadw'u dwylo'n lân. Yn achos Dewi, iddyn nhw mae'r diolch ein bod ni'n gwbwl ddiarweiniad a di-glem, heb ganllawie pendant, heb fod yn rhan o'r drinieth dymor hir.

'Canllawie?' 'Trinieth dymor hir'? Waffl. A gormod o hynny sy'n digwydd y dyddie hyn.

Sa i'n gwadu, fe ga'th e ambell brawf asesu; fe grybwyllwyd ambell ffad ffasiynol fel *hyperactivity* ac *attention deficit*. A neb fowr callach yn y diwedd.

A 'ma ni, yn y tywyllwch ynglŷn â'r dull gweithredu gore. Mae 'da ni ddisgybl ar ein dwylo sy'n haeddu – sy angen – sylw dwys, nad o's modd inni ei gynnig iddo fe.

Disgwyl yn hir am hwnnw fydd e, mewn ardal dwll-tin-byd fel hon, heb adnodde digonol na'r ewyllys i weithredu.

Disgwyl fyddwn ni, un ac oll. Ond 'sdim dewis 'da ni yn Ysgol Gorlan. Rhaid cymryd un dydd ar y tro, ys dywed yr hen Drebor.

'Na'r *bottom line.*

Siriol

Mae'r hen Flodyn yn berson cymhleth iawn. Dyna ddeudith Mam pan fydd hi'n ama rhywun – ydan nhw'n dryst, neu ddim, yn ffeind, neu ddim. Mewn geiria erill, ydi hi'n medru gyrru mlaen efo nhw, neu ddim. Mae 'na lot o bobol felly gynni hi ym mhentra Llan – Dai a Doctor Glyn a Mistar Jones Prifathro, ac enwi amball un.

Pan fydd o'n trio'i ora i fod yn ffeind, yn 'ffrind' i ni'r 'pŵr-dabs', mae o'n gorfod gweithio'n galad iawn. 'Mistar Fflowar Powar' fydd o'n ei alw'i hun radag honno, ac mi fydd o'n smalio jocian efo ni – ond yn despret isio inni ei licio fo. Pan fydd Dewi mewn mŵd drwg mi fydd o'n ei alw'n Mistar Fflowar-Ffŵl'. Ac mi fydd hwnnw naill ai'n dwrdio a deud, 'Dewi! Dyna ddigon!' neu'n smalio gwenu (ei geg o'n twitshio), a deud, 'Blantos bach! On'd yw Dewi ni'n gomedian?'

Mae o, hefyd, yn medru bod. Pan fydd petha'n mynd yn iawn, pan gaiff o sylw, a'i ffordd ei hun. Mae o'n dallt y dalltings ynglŷn â gneud i bobol chwerthin – efo fo, nid am ei ben o, dalltwch.

Mae o'n glyfar, hefyd. Yn gwbod lot am lot o betha. Yn medru atab cwestiyna anodd. Ond pan fydd o'n bôrd neu'n flin neu wedi pwdu, mi fydd o'n cau i fyny'n glep. Mewn cragan.

Dwi'n medru'i gweld hi: cragan gonsh, un lwyd, twtsh bach o binc, fatha'r un sy gynnon ni ar riniog Sŵn-yr-afon. A Dewi'n swatio yn ei pherfadd. Fatha babi bach. Yn sownd a saff.

A stiwpid – 'mond rhywun hollol stiwpid sy'n mynnu swatio'n sownd mewn cragan.

Rhyfadd 'di rhywun clyfar stiwpid. 'Dach chi naill ai'n glyfar neu'n stiwpid, 'tydach? Ond mae Dewi'n medru bod y ddau ar unwaith.

Fel'na dwi'n gweld petha.

Mistar Fflowar

Siriol Lewis. Fel rhyw *camera obscura* rownd y lle 'ma. Yn gwylio a chlustfeinio. A byth yn colli dim, er gwaetha'i sbectol drwchus, druan.

Mae rhwbeth od yn mynd drw' 'meddwl i ambell waith. Rhwbeth bach annifyr – 'crîpi' yw gair Siriol – sy'n 'y nharo i bob tro y gwela i hi'n ishte fel brenhines yn ei chader yn y Lolfa Las neu'r ffreutur, neu yn y minibus, neu'r dorm yn hwyr y nos. Pan wela i'r llyged bach 'na'n sgwinto arna i, yn 'y mesur i i'r fodfedd, fe fydda i'n argyhoeddedig nad 'er gwaetha'i sbectol drwchus, druan,' ma' hi'n gallu gweld mor dda. Ond o'u herwydd nhw. A mynd gam ymhellach, a'i dyfynnu hi ei hunan: 'Sbectols hud ydan nhw, yntê!'

O enau plant bychain, ontefe?

Siriol

Dwi'n licio'n iawn yn Ysgol Gorlan. Mae pawb yn ddigon clên; dwi'n falch o'r cwmni ac mae 'na sbort i'w gael, dim ond i chi chwara'r gêm a smalio joinio mewn. Dwi'n unig, adra – 'Unig blentyn, plentyn unig' meddan nhw, yntê? (Y 'nhw' 'di'r bobol gwbod-popeth-gwbod-dim-a-gwenu-yn-eich-gwynab-a-deud-hen-betha-brifo-yn-eich-cefn.) A waeth imi gyfadda, dim ond Dad a Mam sy'n gwmni imi yno, heblaw am bobol fydd yn galw heibio: ffrindia Dad a Mam, cymdogion, Nyrs Amanda, Doctor Glyn, pobol Social Services a Special Needs. Dim pobol fatha fi, dim neb 'run oed â fi. Heblaw am Dewi, sy'n cael mynd a dod fel licith o gan fod Sŵn-yr-afon yn ail gartra iddo fo, chadal Mam. (Mae hi'n rong yn fan'na: trydydd cartra ydi o i Dewi, efo Eryl Môr ac Ysgol Gorlan.)

'Ti'n gwbod be dwi'n feddwl, Siriol,' medda Mam.

Ond mae angan cael manylion petha'n iawn – on'd oes?

Mistar Fflowar

Tair rheol aur: cofio bod pob plentyn yn unigryw; talu sylw arbenigol i bob un a meithrin arwahanrwydd. Y peth diwetha y'n ni'n moyn yw clôns. (Mae 'na ambell glown yn Ysgol Gorlan ond dim un clôn!)

A falle 'mod i wedi twtsh â rhwbeth arall pwysig nawr: yr angen mowr am sens o hiwmor. Ewch chi ddim yn bell yn y jobyn 'ma – sori, yr alwedigeth 'ma – heb allu wherthin. Fel arall, mae 'na bethe alle'ch becso a'ch diflasu chi – a'ch hala dan y don. A phwy iws i neb yw rhywun sy'n ildo i ishelder? Dim iot, 'na'r ateb ar ei ben. A 'na chi wedyn, man a man i chi roi'r ffidil yn y to.

Mae'r plantos yn dwlu ar y dywediad 'na. Yn wherthin lond eu bolie, druen bach, wrth 'y ngweld i'n whilota'n ofer am ffidil ar nenfwd y Lolfa Las. 'Pam, blantos, nag o's 'na ffidil yn y to 'ma?' yw 'nghwestiwn i. A'r ateb sing-song yn ddi-ffael yw: ''Dan-ni-ddim-yn-fodlon-ildio-dyna-pam!' Falle nag y'n nhw cweit yn deall y cysyniad, ond jawch, 'na chi brofiad: ca'l plantos bach i wherthin. A mae 'na lot o wherthin iach yn Ysgol Gorlan.

A sôn am glôns: dou fach gwahanol i bawb arall yw Dewi Miles a Siriol Lewis. A'r ddou, a gweud y gwir, yn peri tipyn o ben tost. Fe, am sawl rheswm: ei feddwl cymhleth a'i ymddygiad anwadal, ond yn bennaf oherwydd ei duedd i ddiflannu a'n hala ni i fecso. Mae hithe dan ei fawd e – 'na 'marn i, er bod ambell un o'r staff yn anghytuno. Ond y'n ni'n cytuno ar un pwynt pwysig: bod Siriol yn rhan o'r trefniant pan ddiflannith e, ac yn gwbod ei symudiade i'r blewyn. Ond wedith hi ddim byd, er ei bod hi'n neud y siarad drosto fe bob whip-stitsh, yn gwmws fel fentrilocwist. Neu ai hi yw'r dymi? Neu'r ddou? Neu a ody Dewi, fel rhyw Svengali bach, yn gallu treiddio mewn i'w phen? Wy'n mynd rhy bell nawr, ond dyma un o'r pethe cymhleth – un o'r 'sîcrets' bach sy rhyntyn nhw – fydde dyn yn lico'u deall.

Man-a-man i fi gyfadde bo' fi 'di bod mewn dansher o golli gafel ambell waith – o fynd yn rhy 'infolfd', a pheidio sefyll 'nôl a drychyd ar y jig-so mowr. Ond o hir brofiad, ac ambell gam gwag, a gwersi digon wherw, mae dyn yn dysgu lot. Ac yn derbyn ambell beth fel bod yn amhoblogedd 'da'r hen blantos. Bod yn gas i fod yn garedig;

cadw trefen drwy 'ddweud y drefn', fel maen nhw'n ei ddweud ffor' hyn.

A wy'n sticler mowr am drefen.

'Na'r *bottom line.*

Siriol

Unig neu beidio, mae'n braf dŵad adra o Gorlan bob penwythnos. A chael fy nandwn o fora gwyn tan nos. Brecwast yn 'y ngwely, aros fyny tan berfeddion. A neb yn deud, 'Tyd, Siriol! Dos, Siriol! Paid, Siriol!' Neb i weiddi, 'Amsar codi!', 'Amsar clirio a thacluso!', 'Amsar diffodd gola!' fatha clocia larwm yn eich pen. Neb i'ch gosod mewn tîm neu grŵp, neb i'ch 'perswadio' i 'gymryd rhan' a'ch canmol a chitha'n hôples ac wedi methu gneud dim byd yn iawn nac ennill unrhyw gwis na ras na gêm.

Yn Sŵn-yr-afon, dwi ddim yn gorfod bod yn neb ond fi. Ac mi fydd Dad yn gadal imi ennill amball gêm o ddrafft a whist a Ludo. A dwi'n gneud dim byd ond sodro'n hun o flaen y tân a'r telefision pan fydd hi'n oer a diflas, ar y patio pan fydd hi'n braf, wrth ffenast llofft Dad a Mam yn sbio allan ar rardd a'r Ddôl, neu wrth ffenast fy llofft i, yn sbio dros y pentra.

Honno 'di'r un sy'n wynebu at y blaen. A dwi'n medru eistadd ar fy ngwely a sbio fyny at y sgwâr. 'Mond troi fy mhen ryw fymryn, dwi'n medru gweld Eryl Môr ar ben Allt Wern – tŷ gwyn, braf a'i deils a'i wydra a'i ffenestri'n sheinio'n aur ac arian yn yr haul fel castall tylwyth teg. Dim 'sheinio' ond 'disgleirio' sgwennis i yn Gorlan wrth ddisgrifio 'Fy Mhentref i'. Mi oedd raid imi ei ddarllan o flaen pawb, ac mi barodd funud a thair eiliad yn ôl y stopwatsh, er 'mod i wedi rhuthro drwyddo fo fel trên. 'Gwaith da, Siriol,' medda fo. Doedd o ddim yn gwbod bo' Dewi wedi'n helpu i.

Dwi ddim yn meddwl ei bod hi'n deg bod Dewi'n llwyddo i gael getawê o hyd. Mae pawb yn gwbod ei fod o'n hogyn clyfar a'i fod o 'di gwirioni efo llyfra. Ond mae o'n cael dewis y llyfra licith o ac yn cael eu darllan pa bryd fynnith o. A does dim rhaid iddo fo neud gwaith sgwennu na syms pan fydd o am beintio yn y Stafall Gelf. Neu'n waeth byth, mi geith o bori am oria uwchben ei restra gwirion. Maen nhw'n mynd ar fy nerfa i. Rhestra hir o betha, wedi'u sgwennu'n daclus a'u cadw mewn ffeilia o bob lliw. Be ddiawch 'di'r pwynt? Ond mae Dewi'n cael llonydd i'w gneud nhw, a dyna fo. A Dewi bach 'di Dewi bach, yntê?

Mistar Fflowar

Sialens: 'na beth mae Dewi'n ei chynnig i ni'r staff. Cywiriad – sialens enfawr.

Er enghraifft, ble'n gwmws mae e'n sefyll o ran gallu? Wy'n gweud a gweud bo' 'da fe allu rhyfedd. Ac mae dyn yn goffod cyfadde hynny fwyfwy bob dydd.

Ond mae e ar ei hôl hi 'da'r pethe sylfaenol: y *basic skills* a'r *social skills*. A'r '*three Rs*' yn anobeithiol, a phethe angenrheidiol bywyd – arian ac amser. 'Faint o'r gloch ma' swper, Dewi?' 'Faint ma' hwnna'n gosti?' Gwên yw'r ateb gewch chi. A mynd i ishte ar lawr y Gornel Darllen 'da'i lyfre a'i feiro a'i bishyn papur, a neud ei restre bach diddiwedd. Neu bant â fe i'r Stafell Gelf i ddŵdlan ei gartŵns. Ac wrth gwrs, so fe'n siarad fawr o werth, 'mond atebion tairsillafog ar ddiwrnod da.

Ond mae e'n meddu ar un ddawn aruthrol, sef cofio ffeithie – y pethe y bydd e'n sylwi arnyn nhw mewn llunie, yn eu llyncu o'r teledu a'r radio, a'r llyfre mae e'n eu 'darllen', druan. Mae'r dyfynode'n bwysig, achos so fe'n gallu darllen fel y dyle fe, er gwaetha sylw arbenigol un-wrth-un. Do's 'na fawr o gynnydd: mae e'n llwyddo i ymdopi ag ambell frawddeg ddigon hawdd. Edrych ar y llunie fydd e, fwya; 'studio pob manylyn, a'u copïo nhw'n ofalus. A neud jobyn digon deche, whare teg. A gweud y gwir, mae e'n artist eitha dawnus, yn neud copïe da o anifeilied gwyllt a llonge ac ambell anghenfil go ddychrynllyd.

A merched bronnoeth. Mae hynny'n ofid. Bod crwtyn deuddeg o'd â diddordeb yn fflŵsis Batman a James Bond. Falle 'mod i'n becso gormod. Chwiw ddiniwed crwtyn ar ei brifiant yw hi, medde'r staff. Ond maen nhw'n ifanc a dibrofiad a – shwt weda i – yn barotach na fi i goleddu syniade radical. A dangos mwy o ddiléit mewn seicoleg. Er enghraifft, jengyd fydd Dewi pan eith e i grwydro, medde Jo. Jengyd o'i orffennol. Ymdrechu i fod yn annibynnol ac yn 'fachgen mawr'. Falle'n wir ei bod hi'n iawn – un hirben yw Jo Mackenzie.

Siriol

Bob bora Llun, 'dan ni'n sgwennu '*What I did over the weekend*'. Copïo be fydd Mistar Blodyn yn ei roi ar y bwrdd du, a llenwi'r dots fatha '*I did . . .*' ac '*I saw . . .*' a '*We went to . . .*' a rhoi '*and then*' ac '*afterwards*' bob hyn a hyn.

Ar fora Gwenar 'dan ni'n sgwennu (wel, copïo) llythyr i fynd adra efo ni yn y pnawn. Mi fydd o'n cychwyn fel hyn bob tro:

Dear Mum and Dad,
This is what I did this week in Gorlan.

Ac yn gorffan efo '*Kind Regards*' a'n henwa.

Dwi'n medru gneud y ddau beth yn reit hawdd am eu bod nhw bron 'run fath bob tro, 'mond newid amball le neu enw. Ond dwi'n cymyd amsar hir, yn gorfod craffu ar y geiria. Ond mae'r hen Flodyn yn barod iawn i helpu, chwara teg i'w goton socs o. Ac mae'r rhai sy'n methu sgwennu'n cael joinio dots arbennig ar eu cyfar.

Ar ôl inni seinio'n henwa mi eith o ati i jecio llythyra pawb a'u gorffan yn daclus a'u rhoi mewn enfelops efo 'Ysgol y Gorlan' ar eu blaen. Pawb ond Dewi. Mae o'n gwrthod gneud, er y basa fo'n medru. A dyna sy ddim yn deg: nad ydi o'n gorfod gneud be mae pawb arall yn gorfod ei neud. Heblaw'r rheini fasa byth yn medru gneud o hyn tan Ddydd y Farn. Mistar Blodyn sy'n deud hynny.

Mistar Fflowar

Rhaid cyfadde bod y busnes dwl o redeg bant a chwato'n gwaethygu, ac yn achosi penbleth. Codi'i bac a jengyd: dim rheswm, dim eglurhad. Heblaw honni, ambell waith, bod rhaid mynd i jeco rhwbeth, mesur rhwbeth â'r tâp sy wastad yn ei boced. A wa'th pa mor wyliadwrus y'n ni, fe ffindith yr Houdini bach ei gyfle, a mynd Duw a ŵyr i ble.

Gêm dddansherus yw hi. Alle rhwbeth enbyd ddigwydd. Ac y'n ni wedi goffod galw'r heddlu droeon, yn enwedig yn y dyddie cynnar.

Erbyn hyn, dala 'nôl yw'r polisi, gan obitho'r gore. A fe

gydsyniodd yr awdurdode, ar ôl cyfadde nad o's arian nac adnodde ar gyfer ei gwrso fe bob whip-stitsh.

Y cwbwl allwn ni neud yw trio hwpo 'bach o sens, a synnwyr ofon, miwn i'w ben e. Risg ddifrifol, falle – y'n ni'n sylweddoli hynny. Ond Siriol Lewis yw'n polisi insiwrans gwych ni.

A hi yw'r allwedd miwn i'w ben e, 'fyd.

Siriol

Ddaru Dewi ddim sgwennu am 'Fy Mhentref i'. Mi gafodd fynd at Chris i'r Stafall Gelf a pheintio llun 'Fy Mhentref i', ac mae Chris wedi'i osod ar wal y Lolfa Las i bawb ei weld. Mae o'n deud ei fod yn llun sy'n llawn dychymyg, ac wedi canmol Dewi i'r cymyla.

'Da iawn, Dewi,' medda Mistar Blodyn. 'Mi wnawn ni artist ohonot ti eto!' Ond mi glywis i o'n deud wrth Chris ei fod o'n llun 'disturbing ar y naw'. Beth bynnag ydi hynny, llun llawn dychryn ydi o. Y cyfan welwch chi 'di monstar mawr, un hyll drybeilig efo wyth o lygid, cyrn yn tyfu ar ei ben, a'i freichia twyrli-wyrli'n clymu rownd y tai a'r capal a'r eglwys a'r ysgol a'r siop ac yn eu sgwasho'n shitrwns. Mae 'na bobol wedi'u sgwasho yn y rwbal, a rhai sy'n trio dengid. Ac mae 'na rai wedi syrthio mewn i'r afon ac yn trio nofio, neu ddringo allan; ond mae'r rhan fwya'n cael eu cario gan y lli. 'Mond un tŷ sy heb ei sgwasho: 'Sŵn-yr-afon' ydi hwnnw ac mae'r enw ar y giât. A fanno mae Mam a Dad, a finna yn fy nghadar rhwng y ddau. A'r tu cefn i ni, mae Dai, bandana am ei ben; Miss Joyce Evans, Dosbarth Bach Ysgol Llan, mewn sandala pinc; Carl Birkenshaw, yn ei grys Arsenal; a Dewi, yn ei grys Hulk. (Ffrind gora Dewi yn Ysgol Llan oedd Carl, ond mae o wedi mynd yn ei ôl i Lundan.) A 'dan ni i gyd yn sbio'n ofnus ar y monstar mawr sydd wrthi'n sgwasho pentra Llan, ac ar y cyrff yn bobian yn afon Frwyn. Ond 'dan ni i gyd yn saff.

Mi ofynnodd Mistar Blodyn i Dewi be oedd enw'r monstar.

'Dim eidïa, obadeia,' medda fi.

Gwenu ddaru o – dim ond jest.

Ac yna mi drodd Chris at Dewi, a deud, 'Anghenfil dy ddychymyg ydi o, yntê?'

'Ia,' medda fi.

Ond do'n i ddim yn deud y gwir. Achos Eryl Môr 'di'r monstar. 'Y Monstar Mawr' 'di enw Dewi arno fo ers oedd o'n hogyn bach. Ond toedd o erioed wedi peintio'i lun o – ddim yn Gorlan, eniwê – er ei fod o'n giamstar am neud llunia monstars hyll hefo gwalltia gwymon a phetha twyrli-wyrli-ych-a-fi fel nadroedd yn lle breichia a chyrn fatha rhai bwch gafr neu ddafad gorniog yn sbrowtian o'u penna. Mae Chris wedi'u gosod yn un rhes yn y Stafall Gelf efo'u henwa'n sownd: Hydra, Scylla a Charybdis, Octopus, Scorpion, Siren, Serpent. Dwi'n medru deud yr enwa'n gywir a'u sillafu nhw gan eu bod nhw'n sbio'n gam a hyll a dychryn arnon ni bob dydd.

Ond, ohonyn nhw i gyd, Eryl Môr 'di'r un hylla, mwya'i ddychryn.

A dwi'n gwbod pam.

Ond ddeuda i ddim wrth neb.

Dwi 'di gaddo.

Mistar Fflowar

'Chwaer Billy Bunter, mewn cadair olwyn.' 'Na beth glywes i pwy ddiwrnod. 'Sdim ots 'da pwy, ond fe ga'th e bryd o dafod 'da fi. Cheith neb siarad am un o blant Ysgol Gorlan fel'na, am Siriol Lewis, yn arbennig – dim yn 'y nghlyw i, ta beth.

Ond y tr'eni mowr yw hyn: 'na'r siort o beth sy'n ca'l ei weud yn amal. 'Na'r natur ddynol, sbo. A man-a-man cyfadde, serch mor greulon yw'r disgrifiad, ma' fe'n eitha agos at y gwir. Heblaw bo' 'da'r hen Bunter fwy o fola, a bo' 'da Siriol sbectol fwy trwchus. A'i bod hi hewl o'i fla'n e mewn sawl peth, weden i. Craffter, sylwgarwch, *perceptual ability* anhygoel. 'Gallu canfyddiadol' yw'r term Cwmrâg swyddogol, tase rhywun â diddordeb. Mewn terme lleyg – gweld y cwbwl, a lot mwy.

'Anhygoel', fel gwedes i. 'Crîpi', ontefe, Siriol?

Siriol

'Enseiclopîdia ar ddwy goes'. Dyna be mae Jo yn galw Dewi. Ac mae hi'n cyfadda ei bod hi'n jelys iawn ohono fo am ei fod o'n gwbod mwy na hi. Ond dwi'n meddwl mai deud hynna er mwyn plesio Dewi mae hi. Mae hitha'n glyfar iawn, ond ddim yn dangos hynny.

Jelys go-iawn 'di'r Blodyn ond neith o byth gyfadda hynny. 'Wyt ti'n gwbod gormod er dy les dy hunan, Dewi bach!' Dyna ddeudith o pan welith o restra Dewi o betha nad oes gynno fo'i hun 'obadeia' yn eu cylch: brenhinoedd Lloegr, Feicins, Celtiaid, Rhufeiniaid, yr Indiaid yn America – a'r cyfan ar ddarna hir o bapur. Weithia, mi fydd Jo'n sbio'n od arno fo ac yn gwenu – gwên wahanol i'w gwên arferol –

ac yn deud, 'Gwbod gormod, Mistar Fflowar? Be 'di ystyr hynny?' Neis 'di Jo.

Sgin Dewi ddim diddordab mewn petha 'boring', chadal ynta: deud yr amsar, cyfri pres, gwisgo'n daclus, cau botyma, clymu sgidia, bathio, golchi'i wallt a llnau ei ddannadd er ei fod o'n medru'u gneud nhw i gyd heb help.

Ond mae o'n sgut am gadw'i betha'n daclus a chlirio ar ei ôl. A chlirio llanast pobol erill hefyd. Mi fuo'n cael seren aur bob dydd am hynny, nes iddyn nhw stopio'u rhoi nhw. Doedd dim pwynt, a fynta'n eu lluchio ar lawr a gweiddi, 'Babis sy'n cael sêr!' Mi oedd o'n gweiddi rhwbath arall, hefyd: 'Babis sy'n deud "sêrs"!' Fi oedd yn cael honna, ond 'motsh gin i, achos dwi'n licio deud 'sêrs' a dyna ddiwadd arni. Ac eniwê, dwi wrth 'y modd yn cael sêrs, a medru brolio amdanyn nhw wrth Mam a Dad.

'So ti'n moyn canmolieth, Dewi?' medda'r Blodyn, ddim yn dallt.

'Dwi'n dallt yn iawn.' Dyna ddeudodd Jo.

Ac mi wenodd Dewi arni. Fel deudis i, neis 'di Jo.

Mistar Fflowar

Mae'r staff i gyd yn dwlu arno fe. Finne hefyd, wrth reswm. Yn enwedig pan fydd e'n switsho'i wên fach mla'n fel haul y bore. Mae rhyw anwyldeb bach cynhenid, greddfol yn perthyn iddo fe. Hwnnw sy'n neud i ddyn fadde popeth iddo fe. A hwnnw fydd ei gryfder a'i gynhalieth e am byth, druan.

Wy'n ffindo'n hunan yn gweud 'druan' am Dewi'n amal iawn.

Pam? Am 'y mod i'n becso. Beth ddaw ohono fe? Shwt fywyd sy o'i fla'n e?

A jawch, mae dyn yn ca'l ei dynnu. Beth yw'r ffordd ore mla'n?

Gadel iddo neud fel fynnith e?

Trio'i berswado fe – ei orfodi fe? – i 'gydymffurfio'? Hen air hyll.

Yr ateb yw – sa i'n gwbod.

Siriol

Hen lwynog. Dyna dwi'n ei alw fo. Hen g'lwyddgi, pan fydda i 'di gwylltio'n lân. Reit i'w wynab o – 'motsh gin i. Am ei fod o'n twyllo Mam a Dad a Dai; Mistar Blodyn, Tom-a-Jo-a-Cadi. Er dwi ddim mor siŵr am Jo. Mae hi'n ama, ella. Ond am y gweddill, maen nhw'n credu nad ydi o'n medru siarad dim o werth. 'Mond petha fatha 'Ia' a 'Na', ac 'Ydw' a 'Nac'dw', a 'Sori', 'Plîs' a 'Diolch'. Ac 'Isio bwyd' ac 'Isio mynd i'r toilet' a 'Dwi'n licio' a 'Ddim yn licio'. Maen nhw'n credu ei fod o'n rhy dwp a gwirion i siarad sens. Ond maen nhw'n rong.

A dw inna'n rong yn meddwl hynna. Tydan nhw ddim yn meddwl ei fod o'n dwp a gwirion. Meddwl ei fod o'n broblam maen nhw.

Dwi'n rong, eto. Meddwl bo' gynno fo broblam maen nhw. A'i fod o angan help. Am ei fod o'n blentyn 'druan bach â fo' – fel 'dan ni i gyd yn Gorlan.

Ond dwi 'di bod yn meddwl.
Meddwl lot, a deud y gwir.

Ella y dyliwn i ddeud wrthan nhw.
Deud ein sîcret arall ni, fi a fo.
Ei fod o'n medru siarad.
Dim go iawn.

Siarad llunia.
Yn ei ben.

Dewi
Dewi Samuel Miles
dyna f'enw i
Dewi Smeils i'n ffrindia
neu weithia Smeiler Bach
ac mae gin i lot o'r rheini

efo Dai yn Eryl Môr
dyna lle dwi'n byw
gofalu amdana i
dyna mae o'n neud
ffeind
gneud bwyd blasus
cadw'r tŷ yn daclus
odli
nac'di tad
na glân
hen dŷ mawr blêr a budr
dyna ydi Eryl Môr
a hyll
ar ben Allt Wern

tŷ mawr hardd
dyna ydi o
medda pobol pentra Llan
oherwydd
    mae o'n grand drybeilig
    yn sbio lawr ar pentra
    mae gynno fo wyth ffenast
    balconi ar draws y ffrynt
    to o lechi porffor
    dwy simdda uchal
    lawntia del
    llwyni od o Java a Japan
    coed pin o Norwy
    coedan gastan anfarth
    derwan enwog

ond tŷ mawr hyll
dyna ydi o
oherwydd
    mae o'n llawn stafelloedd gwag
    llofftydd lle does neb yn cysgu
    bathrwms lle does neb yn bathio
    ornaments a llunia llychlyd
    carpedi tylla
    corneli tywyll

ddim yn licio'r ogla
    rym a wisgi
    mwg a baco
    Dai

licio'r ogla
    polish a disinffectants
    Misus Lewis Sŵn-yr-afon

2 Beth Da am Eryl Môr
Peth Da Rhif 1
ei ogla lafendar
bora pnawn a nos
pan dwi'n deffro
mynd i gysgu
methu cysgu
rhyfadd
dim lafendar yn y tŷ
na rardd
Dai ddim isio
wedi clirio'r cyfan
Misus Lewis wedi cynnig
bagia bach
bwnshys
hada
o Sŵn-yr-afon
'Sa i'n moyn nhw!'
dyna ddywad Dai
gweiddi
gwylltio
dim lafendar yn y tŷ
dim lafendar yn rardd
'A 'na ddiwedd arni, reit!'

ogla'i rym a'i wisgi a'i faco
dyna be mae Dai'n licio
does dim ogla lafendar
dyna mae o'n ddeud
'Dy ddychymyg di, gw'-boi!'
Misus Lewis yn cytuno
'Dy ddychymyg, Dewi bach!'
dyna mae hi'n ddeud

ond mae'r ddau'n rong
a dyna ddiwadd arni

Peth Da Rhif 2
medru gweld
y môr
o'r balconi
y llofftydd ffrynt
a ffenast ratic
lle dwi'n cysgu
ar fy ngwely rebal
streipan hir a phell
glasach glas na'r awyr
ar ddiwrnod hir o haf
Dai sy'n deud
diwrnod hir o haf
nid fi
streipan lwyd
ar ddiwrnod llwyd
o'r golwg

adag glaw a niwl
cuddio fydd o
smalio mynd-a-dod
ond mae o yno garantîd

goleuada ar noson glir
medru'u gweld nhw
penna pinna'n sgleinio
cychod llonga leinars
'Leiners! Ti off dy ben, gw'-boi!'
Dai sy off ei ben
piclo'i ben
dyna mae o'n neud
efo smôcs a rym a wisgi
a Duw a ŵyr beth arall
'Gad lonydd i fi!'
dyna mae o'n ddeud
dyna ydw i'n neud

'Y Lle Sy'n Gwylio'r Môr'
dyna ydi Eryl Môr
medda Mistar Lewis
licio hynna
licio Mistar Lewis
licio stori Cantre'r Gwaelod
pan o'n i'n hogyn bach
Seithenyn
gweiddi bŵ ar hwnnw
yn y pantomeim ym Mangor
oherwydd

roedd o'n ddiog
yn feddwyn
ddim yn dryst
gneud hen betha gwirion
gneud hen smonach mawr
gneud i bobol ddiodda
a boddi
a 'toes gin neb ddim hawl

teimlo biti drosto
rŵan 'mod i'n hogyn mawr

monstar mawr
dyna ydi Eryl Môr
blêr a hyll a budr
wedi'i sodro ar graig uchal
cadw tabs ar bentra Llan
dyna mae o'n neud
bob yn ail â sbio draw
at y streipan las o fôr
pylia mawr o hiraeth
dyna mae o'n gael
am 'stalwm-maith-yn-ôl
pan oedd o'n Fonstar Môr
un anfarth
fatha arthropod
neu orthocone
wyth o lygid sgwâr
sbio i bobman yr un pryd
dau gorn peryg ar ei dalcan

gwichian ac ochneidio
dyna mae o'n neud
rwmbwl yn ei berfadd
ddim yn licio hwnnw
yn fy neffro'r nos
a'r bora weithia
crynu hefyd
dyna mae o'n neud
nid gan ofn
ond yn ddig gynddeiriog

sgynno fo ddim ofn
medda fo
fo 'di'r Dychryn Mawr
a Hyll a Pheryg
medda fo
ond monstar trist
drybeilig
dyna ydi o
a phathetig
odli
a dim ond fi sy'n gwbod
ac yn gwbod pam

un dydd
'stalwm-maith-yn-ôl
pan oedd o'n Fonstar Môr
mynd ar gyfeiliorn
dyna ddaru o

dyna ddywad Mistar Fflowar
pan fydd rhywun
fi
yn gneud hen gastia drwg
trio peidio colli'i limpyn
dyna mae o'n neud
a chael hen ddigon
a phenderfynu dringo allan
gadal y môr am byth
mynd i grwydro
am ganrifoedd
nes cyrradd pentra Llan
a mynd yn sownd a blin
mewn pentwr o sment
ar dop Allt Wern
a dyna fo
yn fonstar mawr a hyll a blêr
a thrist gynddeiriog
yn sbio lawr dros bentra Llan
bob yn ail â chwilio 'mhell
am streipan las o fôr
a hiraethu
am 'stalwm-maith-yn-ôl
a gorfod godda Dai a finna
yn crwydro rownd a rownd
a disinffectant
Misus Lewis Sŵn-yr-afon
yn ei berfadd

rhyfadd

odli

crwydro rownd a rownd

dyna 'dan ni'n neud

Dai a finna

trio'n gora

i osgoi'n gilydd

cwrdd weithia

i jecio'n bod ni'n fyw

gweddol iach a glân

'Dere 'ma, gw'-boi! I fi jeco dy wallt a dy glustie di!'

dyna ddeudith o

'A dere weld gwinedd dy dra'd – a bachgen, bachgen, allen i
   blannu tato rhwng dy fyse' di!'

pan fydd Nyrs Amanda ar ei ffor'

neu Doctor Glyn

gwaeth byth

neu bobol beryg

clip-bords

ticio bocsys du

a rhoi croesa coch

mewn bocsys coch

mwy peryg byth

Misus Lewis Sŵn-yr-afon

Dai ei hofn

drwy ei din ac allan

araith front 'di honna

ond 'motsh gin i

'Angan bath sy ar yr hogyn, Dai! Nid peipan ddŵr ar lawnt!'
dyna ddeudith hi
sniffian rownd
dyna neith hi
pan fydd petha'n ddrwg
yn waeth nag arfar
'Dai, mae'r ogla'n warthus!'
a llenwi'r bath mawr gwyrdd
'Dai, neidiwch chitha mewn i'r twba!'
mae o'n fodlon cymyd petha
weithia
arthio arni weithia
'Gadwch lonydd i fi, fenyw!'
dibynnu ar ei hwyl
neu pa mor wag 'di'r botal
trio cadw golwg arnon ni
dyna mae hi'n neud
a Mistar Lewis hefyd
a phobol pentra Llan
yn cadw golwg ar y cyfan
tŷ mawr hardd a chrand
dyna maen nhw'n weld
a'r monstar hyll a blêr a budr
yn gwylio pobol pentra Llan
bob yn ail â'r streipan las o fôr

chwara gêm
dyna maen nhw'n neud
Dai a Misus Lewis

dwrdio
tynnu arno
dyna mae hi'n neud
smalio
dyna mae o'n neud
llnau a sbreio hogla da
'Wel, dyma dro ar fyd!'
dyna ddeudith hi
a hitha'n gwbod
dim tro ar fyd
dim byd ond twyllo
tro ar fyd bach smalio

trio 'nhwyllo inna hefyd
dyna mae o'n neud
sbio rownd a sniffian
'Ti'n itha reit, gw'-boi, hen bwdryn odw i. Dai'r hen fochyn
        brwnt.'
a gneud hen syna mochyn
'Dere glou i glirio'r stiwdio 'ma! Rhoi blydi sioc fach ar 'i
        thin i Eira Lewis!'
hen araith front
dim tro ar fyd
dim byth

stiwdio
dyna 'dan ni'n ddeud
cegin-lolfa-llofft-i-Dai
hen boetshi-poetsh

Blodyn Tatws sy'n deud
'Sultan Dai, gw'-boi! 'Na beth odw i heddi!'
Dai sy'n deud
gorweddian ar ei soffa biws
yn ei smoking jacket felfad
smocio petha drewllyd
slochian ddydd a nos
''Ma'r bywyd, t'wel!'
chwerthin am ei ben o
ar ei fol o'n hongian
dros ei drowsus pantalŵn
dyna ydw i'n neud
gwylltio
dyna mae o'n neud
'Watsha di, gw'-boi!'
a finna'n chwerthin
a fynta'n myllio
ond fo 'di'r bai
am fod yn stiwpid
fo a'i drowsus stiwpid
sandals ar ei draed
tyrban ar ei ben
stashan ddu
yn cyrlio dan ei drwyn
ei lliwio hi bob mis
a'i wallt
hynny bach sy gynno fo
yn y bathrwm cefn
y botal yn y cwpwrdd

a'r olion budr yn y sinc
'Salvador! 'Na beth gei di 'ngalw i, gw'-boi! Ne' Señor Dali!'
a chodi'i wydryn
a thynnu ar ei smôc
a gwenu'n stiwpid
un stipwid fuo fo erioed
gwisgo fyny'n stiwpid
peintio llunia stiwpid
   dabio
   dotia sbotia a llinella
   croesa fatha gema OXO
   genod noeth
      bronna mawr a brown
      gwefusa mawr a choch
      bloda mawr a melyn yn eu gwalltia
'Bachan lwcus, Gauguin! Byw 'da menwod porcyn ym
   Mharadwys!'
byta petha stiwpid
petha poeth a drewllyd
   garllag
   caws glas
   chillies coch a gwyrdd
yfad petha stiwpid
   Drambuie
   Green Chartreuse
   ar ben lot o betha stiwpid
   cwrw wisgi rym
gwahodd ei ffrindia stiwpid
i'w bartïon stiwpid

gorfadd yn ei hamoc stiwpid
chwyrnu cysgu bob prynhawn

ond 'dan ni'n ddigon hapus
Dai a fi
yn crwydro rownd
heb groesi llwybra
rhwng ratic i a'i stiwdio fo
a bod yn ddigon clên
deud ei straeon
licio hynny
a ch'lwydda mawr
gneud bwyd i mi
pan fydd o'n cofio
ring fach letrig yn y stiwdio
gwbod be dwi'n licio
odli odli odli
    bîns a chaws ar dôst
    coke
    cornfflêcs
    crisps
    ginger nuts
    Heinz tomato sŵp
    licrish olsorts
    orenj sgwash
    sosej
    Wagon Wheels

a mynydd mawr o jips o dre
a sgodyn weithia

ddim yn licio hwnnw
'So ti'n byta dim, gw'-boi!'
yn enwedig adra
strict yn Gorlan
byta'n iach
petha afiach
grîns a salad
smalio byta
ond mae gin i'n ffyrdd
cael eu gwarad nhw i gyd
a thwyllo pawb ond dwy
'mod i'n clirio 'mhlât
Jo a Siriol
ond wedi addo peidio deud
a neb ond nhw yn gwbod dim

Mistar Fflowar

Problem gynyddol arall Dewi yw ei dymer wael. Mae hi'n
fwy o fwgan nag erio'd, er gwaetha'n hymdrechion ni fel
staff, a'r cyffurie, wrth gwrs. A fe geith e ambell ffrwydriad
go sbectaciwlar.

Er enghraifft, yn yr arddangosfa 'Bywyd Ethnig' ym
Mangor beth amser 'nôl. (Y'n ni'n mynd â nhw i bethe
fel'ny'n amal.) A Dewi wedi'i swyno 'da'r llun o un o'i arwyr
mowr e, Sitting Bull. Mynd reit lan ato fe, a'i 'studio'n fanwl.
Troi, a chered bant, a chered 'nôl sawl tro, i jeco pethe. I jeco
'to. Do'dd rhwbeth ddim yn iawn.

'Mae o'n rong.'

'Na beth wedodd e.

'Beth, Dewi? Beth sy'n rong?'

'Hwnna!' medde fe, a phwynto at y plac o dan y llun.

'Ie?' wedes i, ddim yn gweld y broblem.

'Eitîn-sefnti-feif!'

'Ie?' wedes i 'to, mor dwp â slej.

'Rong!' medde fe. 'Rong, rong, rong!'

'Ocê, paid cynhyrfu. Pryd o'dd brwydyr Little Bighorn?'

'Eitîn-sefnti-sics!'

Ac o'dd e'n iawn. Wrth gwrs. Fel'na ma' fe. Gwybodeth gyffredinol – top y grid. A goffod i fi dynnu sylw menyw'r arddangosfa, a hithe'n ymddiheuro ac yn addo newid pethe a gofalu na fydde rhwbeth tebyg yn digwydd 'to.

Meddyliwch am y peth: Dewi Samuel Miles – ein Dewi Smeils bach ni – yn cywiro rhywun fel'na. O ie, tipyn o hen bolymath yw e erbyn hyn, a wy'n fo'lon cwmpo ar 'y mai am bido spoto'i allu mowr e lot ynghynt. Jawch, weden i 'i fod e'n gwbod mwy na fi a'r staff 'da'n gilydd am hanes America a Rhufain a'r Incas a'r Vikings, a Llywelyn ac Owain Glŷndŵr, a brenhinoedd a Phrif Weinidogion Prydain, heb sôn am ffilmie James Bond a llyfre Asterix a recordie'r Beatles. A'r cwbwl ar ffurf rhestre hirfaith. A fe allen i gario mla'n a mla'n, ond wna i ddim. Mae bywyd yn rhy fyr. Heblaw sôn am un o'i ddiddordebe mowr e: caneuon Dafydd Iwan. Yn enwedig ei obsesiwn â Chwm Rhyd y Rhosyn.

Dyma'n theori i: *Retrograde Phenomenon* – 'na beth yw e, tase rhywun â diddordeb. Mynnu cadw gafel ar y pethe pwysig o'r gorffennol, o'i blentyndod. Mae e wedi rhestru'r holl ganeuon ac yn eu whare rownd abowt – hyd at syrffed i bawb arall – ar y mashîn yn y Lolfa Las.

A fe weda i hyn: mae gweld y wên ar ei wyneb wrth wrando
ar y caneuon bach plentynnedd yn dod â dagre i'n llyged i.

Dewi
cofio petha
dyna ydw i'n licio
petha-'ngneud-i'n-hapus
nid petha-'ngneud-i'n-drist

Sŵn-yr-afon
prynhawnia braf
licio'r rheini
eistadd ar y patio efo Siriol
rhisglo pys a'u byta
Misus Lewis yn smalio dwrdio
gwenu yr un pryd
deud wrth Mistar Lewis
'Mae'n dda bod rhwbath iachus yn 'i fol o!'

cachu lympia gwyrdd
dyna ddaru mi
y noson honno
drannoeth ella
ddim yn cofio'n iawn
holi Siriol am ei chachu hi
dyna o'n i isio'i neud
ond ddim yn licio
gwylltio fydda hi
neu ddechra meddwl

petha stiwpid
fatha'n bod ni'n agos
fatha gŵr a gwraig
neu'n gariadon
fatha'r bachgen bach o Lŷn
a'r hogan o Abertawe
neu fel arall rownd
a thydan ni ddim
a fyddwn ni ddim
dim byth

hogan lwcus ydi Siriol
oherwydd
  Sŵn-yr-afon
  fan'no mae hi'n byw
  bwthyn del
  ei gefn at y pentra
  fel rhywun wedi pwdu
  yn sbio dros y Ddôl
  'y ddôl fach hardda yn y byd i gyd'
  Dafydd Iwan sy'n deud hynna
  am ddôl Cwm Rhyd y Rhosyn

licio'r recordia yna
gwbod y caneuon
licio Dafydd Iwan
licio Edward Pethna hefyd
licio canu efo nhw
yn fy mhen

efo Siriol hefyd
ond mynd ar fy nerfa
dyna mae hi'n neud
canu allan o diwn
byth yn cofio'r geiria
heblaw am y gân stiwpid
am yr hogan fach o Lŷn
a'r dyn o Abertawe
neu fel arall rownd
a ddoi di'n ŵr bach twt i mi
os dof i'n wraig i titha
dyna maen nhw'n ofyn
naill i'r llall
yn ôl a mlaen
tôn gron
stiwpid
gafal yn fy llaw
dyna mae hi'n neud
a sbio arna i
drwy ei sbectols
stiwpid

deg record Dafydd Iwan
dyna sgynna i
eu cadw'n daclus a gofalus
trefn yr wyddor
neu drefn gronolegol
trefn amsar ydi hynny
a Cronos oedd Duw amsar

ond Kairos dwi'n licio
oherwydd
    y cudyn gwallt ar ei dalcan
    ei fod o'n twyllo pobol
    chwara'n wirion
    heb frifo neb
    na boddi neb
    mae hynny'n bwysig

licio trefn
trefn yn bwysig
cadw petha'n daclus
rhestru
rhoi labeli
medru rhoi eich llaw ar betha
neu mae peryg ichi golli gafal
ddim isio hynny
colli gafal
dim contrôl
mynd ar gyfeiliorn

mae fy ratic i yn werth ei gweld
oherwydd
    fy llyfra a recordia a chaséts a fideos
        yn nhrefn yr wyddor
        ar y silffoedd
    fy nghomics
        Eagle
        Hebog

Roy of the Rovers
mewn pentwrs cronolegol
fy ngêms a jig-sos
yn ôl eu maint
fy mhaent a phensilia a ffelt pens
mewn bocsys sgidia
fy llunia
mewn ffeilia
fy ffotograffa pwysig
yn saff mewn albyms

Woolworths ydi'r lle
licio prynu petha
petha-cadw-petha'n-daclus
a pic-an-mics
licio licrish olsorts
oherwydd
maen nhw'n felys
lliwgar
hawdd eu sgwasho
i bocad eich top-côt
a neb yn gwbod dim

Ysgol Gorlan hefyd
trio 'ngora
clirio a thacluso
ond mae'n anodd
silffoedd pitw
yn y dorm a'r Lolfa Las

dim hôps caneri
petha'n cael eu lluchio'n flêr
llanast ar y llawr
    beiros
    jig-sos
    llyfra a phapura
a finna'n trio
rhoi caeada ar y bocsys
petha'n drefnus ar y silffoedd
Jo neu Chris neu Cadi'n helpu
sgin Tom ddim mynadd
job y staff glanhau
dyna mae o'n ddeud
'tydi'r rheini ddim yn dallt
'mond stwffio petha
rywsut-rywsut
ddim yn licio hynny
'mond fi sy'n medru gneud

ddim yn licio llanast
mae o 'ngneud i'n sâl
a neb yn malio
dyna pam dwi'n gwylltio
strancio
myllio weithia

'fandal' fydda i beryg
fatha Dafydd Iwan
Dai sy'n deud

'Hen egstrimist fyddi di, fel bois yr iaith! Yn whalu seins a
    pheinto slogans! Yn jâl fyddi di, gw'-boi!'

'tydi o'm yn gwbod
'ymaelodi'
dyna ddaru mi
yn Steddfod llynadd
Jo a Tom yn mynd â ni
licio petha fel'na
Jo a Tom
    Cnapan
    Corwan
    Steddfod
    rUrdd
mi ga i fynd efo nhw
isio bod 'chydig bach yn hŷn
Jo 'di gaddo

'ymprydio'
dyna ddaru ni
fi a Siriol
dim bwyd am oria
gwisgo baj
'Ymprydio Dros yr Iaith'
cerddad rownd y Maes
dal placard
siantio
'Sianel Gymraeg Nawr!'

cael llofnod Dafydd Iwan

dyna ddaru fi

mynd ato fo

'Fi 'di Dewi'

dyna ddeudis i

'Sut wyt ti, Dewi? A lle ti'n byw?'

dyna ddeudodd o

'Cwm Rhyd y Rhosyn sy hannar ffordd rhwng Pen Llŷn a

      Bro Afallon, dyna i chi le bendigedig!'

ddeudis i mo hynny

ddim yn medru

dim ond yn fy mhen

'Cwm Rhyd y Rhosyn'

dyna ddeudis i

sbio'n hurt

dyna ddaru o

'Wel! Wel! A phwy feddylie! Y feri Dewi ar y record!'

dyna ddeudodd o

'Y *ddwy* record,' medda fi

'Ti'n iawn,' medda fo

'Dwi'n gwbod,' medda fi

'Wel! Wel!' medda fo

'Ti isio gweld?' medda fi

twrio yn fy mag

dangos fy rhestr

'Fy hoff ganeuon!' medda fi

    Mi Welais Long yn Hwylio

    Tyrd am Dro i'r Coed

    Tyrd am Dro ar hyd y Llwybr Troed

Tŷ a Gardd

'Hoff gân Siriol,' medda fi

'Pwy 'di Siriol?' medda fo

'Fy ffrind gora,' medda fi

'Mae gin ti gof anhygoel,' medda fo

'Dwi'n gwbod,' medda fi

'Ti'n lwcus,' medda fo, 'mae 'nghof i wedi dechra mynd.'

'Pam? Ti'n sâl?' medda fi

'"Henaint ni ddaw 'i hunan", Dewi bach,' medda fo

'Deg o dy recordia sgin i,' medda fi

dechra'u rhestru nhw

dyna ddaru fi

sbio ar ei watsh

dyna ddaru o

'Sori, Dewi, dwi'n gorfod brysio.'

'I lle?' medda fi

'Hen bwyllgor diflas. Wela i di eto.'

ac i ffwrdd â fo

ar draws y Maes

ei holi o am rwbath pwysig

dyna o'n i isio neud

pam rhoi'r teitl 'Tyrd am Dro'

ar ddwy gân

ond mi ddaw cyfla arall

c'farfod eto

dyna fyddwn ni'n neud

'Myn Duw, mi a wn y daw'

sgwennu'r geiria

a'u dangos iddo fo
dyna fydda i'n neud
mi fydd o'n licio hynny
clên 'di Dafydd Iwan

dwi 'di bod yn meddwl
am be ddeudodd o
am ei gof o
ei fod o'n dechra mynd
dwi'm yn credu hynny
mae o'n cofio'i eiria
petha ar ei gof
pan fydd o'n protestio
dadla ar y telefision
gwamalu
dyna oedd o'n neud

'Henaint ni ddaw ei hunan'
Mistar Fflowar wrthi
paldaruo diarhebion
ac mi ddylia wbod
mae o'n hŷn na Dafydd Iwan
lot

mae gynno fo sîcret
Dafydd Iwan
dyna maen nhw'n ddeud
pobol ddim yn ei licio fo
mae 'na lot o'r rheini
selotepio

dyna mae o'n neud
meddan nhw
sticio'r geiria ar ei gitâr
mae angan imi jecio
ei holi fo
y tro nesa wela i o

dim bwyd am oria
hawdd i mi
nid i Siriol
mae hi'n licio'i bwyd
mi fytodd jips ar y slei
er ei bod hi'n gwisgo baj
a sosej mawr
a chandi-fflos pinc
mi welis i hi
cuddio
dyna oedd hi'n neud
tu ôl i baball fawr
a Jo a Tom ddim yn licio
yn flin efo'r hogan bajys
ei bod hi'n 'gywilyddus'
'cymyd mantais'
dyna ddeudodd Jo
'plant fatha nhw'
dyna ddeudodd Tom
'mae angan pawb yn y frwydr'
dyna ddeudodd hogan bajys
'hen ac ifanc'

wfftio ddaru Tom a Jo
a mynd â ni i'r lle bwyd

Siriol ddim yn licio Steddfod
ddim yn medru mynd â'i chadar
    dros y cerrig mân
    y llwybra pren
    y gwair hir
mynd yn sownd mewn mwd
dyna ddaru hi
a Tom yn gorfod helpu

mynd ar goll
dyna ddaru finna
ddim yn trio
pawb yn gweitiad
wrth y Brif Fynedfa
ddim yn flin
jest wedi blino
a chael hen ddigon

ddim isio mynd yn hen
fatha Dafydd Iwan
Mistar Fflowar
na cholli 'nghof
ddim isio bod yn ddall
    yn fyddar
    yn gaeth i'r tŷ
    dibynnu ar bobol erill

Doctor Glyn
Nyrs Amanda
pobol ticio bocsys
pobol pryd-ar-glud.
a gorfod gwisgo clytia

'hen-bobol-gwisgo-clytia'
dyna ddywad Siriol
Misus Lewis yn nabod rhywun
sy'n nabod rhywun arall
sy'n gorfod gwisgo clytia
am ei bod yn hen
mae Siriol yn un dda i sôn
'damweinia bach'
dyna mae hi'n ga'l
ond ddim yn deud

pryd-ar-glud
faswn i'm yn licio
'bwyd ail-law'
dyna ddywad Misus Lewis
'a hwnnw wedi stiwio'n stond!'
'Ma' fe'n well na dim, sbo!'
dyna ddywad Dai
'Os yw dyn yn starfo a da-iawn nhw'r bobol tico bocsys am
    'u carco nhw'r pŵr dabs!'
'sbo' a 'carco'
petha stiwpid fel'na
dyna mae o'n ddeud

'pŵr dabs Brynawelon'
Pobol y Cwm 'di'r rheini
Dai'n ffanatig
cyfadda wrtha i
neb arall
ddim isio i bobol chwerthin
meddwl ei fod o'n stiwpid
yn fwy stiwpid na mae o

Dic Deryn
wedi cwrdd â hwnnw
llofnod
ysgwyd llaw
tynnu ffoto
gwenu'n neis ar Jo
a Siriol hefyd
chwara teg

pan fydda i'n hen
pwy fydd yn fy 'ngharco' i?
nid Dai na Misus Lewis
na Mistar Lewis
na Mistar Fflowar
na Jo na Tom na Cadi
mi fyddan nhw 'di marw
pawb
peidio poeni
dyna dwi'n trio'i neud
dau Syniad Da
dyna sgynna i

Syniad Da Rhif 1
Siriol a finna
yn byw efo'n gilydd
mewn tŷ-bach-twt
Sŵn-yr-afon ella
hitha'n cadw'r tŷ
finna'n tendio rardd
'Tŷ a gardd ar gwr y coed
Na fu erioed eu delach'
hen gân stiwpid
arfar meddwl hynny
dechra'i licio rŵan
Siriol fasa'r enath fach o Lŷn
'motsh nad ydw i o Abertawe
na'r ffor' arall rownd
mi fasan ni'n hapus
ffraeo weithia
mynd ar nerfa'n gilydd
ond yn ffrindia gora

dyna ydan ni
wedi bod erioed
a dyna fyddwn ni
am byth

Syniad Da Rhif 2
gneud pob dim fy hun
peidio gorfod gofyn dim
peidio mynd ar ofyn neb
dyna wna i pan dwi'n hen

mae Siriol yn wahanol
mi fydd hi angan help
a phawb 'di marw
pawb ond fi

addo iddi
dyna wna i
rywbryd

Dai

Pryd goffod i fi ildo? Stopo whare'r gêm? Achos 'na beth 'nes
i am flynydde – tair ne' beder blynedd, siŵr o fod. Whare
gêm, esgus pido sylwi; anwybyddu'r siarad yn 'y nghefen.
Fel'ny o'dd hi hawsa. Lot haws na thrio taclo pethe, a finne
ddim yn gwbod ble i ddachre.

Ond pryd goffod i fi wynebu'r gwir?

O'dd Dewi'n bump, newydd ddachre yn Ysgol Llan. Yr
alwad ffôn – yr un gynta. Jones y sgwlyn isie 'trafod pethe'. A
finne'n ffindo'n hunan yn ddyn sychedig ac anesmwth yn 'i
offis fach, yn estyn am 'y mhacyn ffags a'n leiter.

'Mae'n ddrwg gin i, Mistar Morgan,' mynte fe.

'Am beth?' mynte fi.

''Toes 'na'm smygu yn Ysgol Llan.'

'Fe slipa i draw i'r sied feics, 'te!' mynte fi, gan feddwl,
yn 'y nhwpdra, drio sgawnu pethe. Ond o'dd gwa'th i ddod,
pan gyrhaeddodd Miss Lloyd-Williams, y Dosbarth Bach,
a'r Cownsilor Richards – 'march y plwy', yn ôl y siarad yn y
Cross – yn 'i siwt, 'i foche'n hongian.

''Dach chi'n nabod y Cynghorydd, Cadeirydd ein Llywodraethwyr?' mynte'r Jones.

'Odw glei,' mynte fi.

''Dan ni wedi cyfarfod,' mynte'r Cownsilor a sinco i gader fach shigledig.

'Odyn,' mynte fi. 'Pan o't ti'n canfaso ar stepyn drws Eryl Môr. Chest ti mo'n fôt i, 'fyd.' Jawl, o'n i'n joio tynnu blewyn o drwyn pwysigyn.

'Ymlaen â ni,' mynte'r Jones, a phipo ar ryw bapure ar 'i ddesg. O'dd y march yn pipo ar Joyce, y slashen o nyrseri help, o'dd wrthi'n cario coffi.

'Llefrith?' mynte hi.

'Lla'th, dim siwgwr,' mynte fi, 'gan 'y mod i'n ddigon melys, ontefe!'

Wherthinodd neb.

'Rŵan 'ta,' mynte'r Jones, a chymryd ana'l hir. 'Dewi . . .'

'Beth yw'r broblem?' mynte fi.

Fe droiodd Joyce 'i llyged ata i. A jawl, o'n nhw'n llyged pert.

Siriol

'Siriol-cariad-Dewi!' Dyna be ddywad amball un yn Gorlan. Wel, y genod llnau a'r postmon gwirion a'r ddynas ar shifft swpar weithia. Neb arall, chwara teg. Achos dwi ddim yn licio. Wel, mi faswn i, tasa'r peth yn wir. Ond 'tydi o ddim, felly be 'di'r pwynt ei ddeud o? A gneud i Dewi wylltio. A'r genod yn tynnu arno. A fynta'n myllio'n lân a gneud hen betha gwirion fatha cicio drysa a lluchio bwyd ar lawr. A rhywun yn gorfod dŵad i'w dawelu fo – Jo, fel arfar – a'r cyfan am ddim byd.

Achos 'tydi o ddim yn wir. Nid Dewi 'di cariad fi. '"Fy nghariad i" sy'n gywir, Siriol.' A dwi'n gwbod hynny, hefyd, Mistar Blodyn, thanc iw feri mytsh. Ond nid dyna'r pwynt. Ac eniwê, does dim pwynt, felly dyna ddiwadd arni.

Dai

'Wel? O's rhywun am ddachre?'

'Na beth wedes i yn y diwedd. Ond 'ches i'm ateb; a'r cwbwl o'n i'n glywed o'dd sipan coffi, y Cownsilor yn cnoi'i ail fisgïen, a'r plant yn whare ar yr iard.

'Gawsoch chi'r llythyra?' mynte'r Jones yn sydyn.

'Pwy lythyron?' mynte fi. Do'dd dim busnes 'da fe wbod am y peil enfelops heb 'u hagor yn y coffor.

'Dyma amball gopi i chi,' mynte fe, gan hwpo peil o bapur ar draws y ford. 'Ac mi gawsoch chi sawl negas ffôn, on'd do?'

'O, do,' mynte'r Cownsilor.

'Ma' bywyd 'bach yn fishi,' mynte fi.

'Rhy "fishi" i drafod Dewi?' mynte'r Jones.

'A'i ddyfodol?' mynte'r Cownsilor.

'Na pryd deimles i anesmwythyd fel corden beinder dynn amdana i.

Siriol

Pan dwi adra yn Sŵn-yr-afon, ac yn methu cysgu, neu wedi deffro berfadd nos, a dim i'w glywad ond Dad a Mam yn chwyrnu, dwi'n licio chwara'r Gêm Ddyfalu. A'r un 'di'r gêm bob tro:

Sut le 'di ratic Dewi? Mawr neu fach? Gola? Tywyll? Lle mae o'n cadw'i betha? Pa liw 'di'r paent a'r papur wal? A'r llenni a'r carpad? Ai 'gwely rebal' ar y llawr sgynno fo go-iawn? A'r cwrlid – sut un ydi hwnnw?

Ond does dim pwynt dyfalu. A be 'di'r otsh? Achos wela i byth mo ratic Dewi. Mae hi owt o bownds i fi.

Pan hola i am y petha 'ma i gyd, mi atebith, 'Ddim yn gwbod!' pan fydd o mewn mŵd drwg. Pan fydd o mewn mŵd da mi ddeudith g'lwydda am gwrlid Hulk a llenni Batman a chlustog Doctor Who.

Un peth dwi'n ei wbod, garantîd. Lle taclus, trefnus ydi ratic Dewi. Pob dim yn ei union le. Fel'na mae o'n licio petha. Fel arall mae o'n mynd yn flin. A does neb yn ei licio pan fydd o felly.

Dai

O'dd pethe'n ddigon sifil hyd yn hyn: Jones y sgwlyn yn pregethu gwirionedde mowr am 'les yr hogyn bach', a'r Cownsilor a Miss Lloyd-Williams yn amenio, a Joyce yn 'studio'i sandale pinc a gwinedd coch 'i thra'd.

Ond gan bwyll bach, o'dd isie i fi 'ddallt' ambell beth: 'hyd a lled petha', 'u bod nhw'n neud 'u 'gora glas' er gwaetha'r 'sialens enfawr'. A'r ergyd fowr: bo' Dewi'n 'hogyn drwg, dig'wilydd', a'i fod e'n aflonyddu ar 'drefn hapus Ysgol Llan'.

Yffach gols. Trio'i amddiffyn e, 'na beth 'nes i'n strêt. Gweud taw crwtyn bywiog o'dd e, yn mynd dros ben llestri, falle, ambell waith. Ond os do fe, fe bitshodd pawb – ond Joyce – reit miwn i'r cafan.

'Anwybyddu pob un rheol!'

'Gwrthod ufuddhau!'

'Brathu, cicio! Lluchio petha!'

'A hen araith front!'

A'r Cownsilor yn pwyso ata i a gweud, o dan 'i ana'l, 'Rhegi ydi hynny, Mistar Morgan. Mae'n bwysig i chi ddallt . . .'

Wedes i bo' fi'n deall yn iawn, diolch yn fowr, a cha'l 'y nhemto i ddannod ambell swae amdano fe o'n i wedi'i chlywed yn y Cross. Ond y cwbwl wedes i o'dd, 'Ond jawl! So Dewi'n rhegi!'

'Mistar Morgan,' mynte'r Jones, a phwyso mla'n ar draws 'i ddesg. 'Mae gynno fo un rheg enbydus – na fedrwn 'i hailadrodd.' A phwyso'n ôl a rhoi'i ddwylo at 'i gily' fel 'se fe'n gweud 'i bader.

Wy'n cofio'r tawelwch. A'r pipo cam. Pawb ond Joyce, o'dd yn dala i 'studio'i thra'd.

'Olréit – beth yw'r "rheg enbydus" 'ma?' wedes i. 'Dewch mla'n! Rhwbeth ddysgodd e 'da fi, siŵr o fod!'

Mistêc. Fe dda'th y cyllyth mas, dim whare.

'Styriwch ddifrifoldab y sefyllfa, ddyn!'

'Fedrwn ni mo'i drin o.'

''Dan ni'n trio trefnu . . .'

'Na pryd deimles i'r cryndod – isie smôc a wisgi mowr. Peswch 'nes i, i gwato'r crygni ddiawl. A gweud, 'Trefnu beth yn gwmws?'

'Asesiad,' mynte'r Jones.

'Seicolegol,' mynte'r Cownsilor.

'Angenrheidiol,' mynte Miss Lloyd-Williams.

Nawr, sa i'n foi sentimental. Wy'n lico meddwl bo' fi'n galed – wedi goffod bod erio'd. Ond y cwbwl welen i yng nghanol y swche hir a'r cyllyth o'dd wmed Dewi a'i wên a'i gwrls a'i lyged sheino. A'r cwbwl glywen i o'dd 'i wherthin iach, drygionus.

Nes i Miss Lloyd-Williams weud bod arni 'ofn yr hogyn'.

'Ofon?' mynte fi. 'Ofon crwtyn bach pump o'd?'

'Ofn diawl mewn croen,' mynte hi.

Uffern dân, am Dewi o'n nhw'n sôn, yn enw Duw, dim am y Diafol, na Damien yn *The Omen*. A phwy o'n nhw i baso barn, ta beth? Gwidman canol-o'd, di-blant; hen ferch; slipen o groten bert, a rhyw dipyn cwrcyn cownsilor?

Wy'n cofio shiglo 'mhen. A chymryd ana'l hir. A throi at Joyce.

'Gwedwch wrtha i nawrte,' wedes i, 'o's ofon Dewi arnoch *chi*?'

Anghofia i fyth mo'r olwg od o'dd yn 'i llyged pert.

'Nagoes, Mistar Morgan,' mynte hi, 'a thydi o ddim yn "ddiawl mewn croen". A deud y gwir, dwi'n dotio arno fo. Ond dwi'n poeni amdano. Ac mae o angan help.'

'Wel thanciw feri mytsh!'

Ie, 'na beth waeddes i, reit i'w hwmed hi.

A damo, damo, o'n i'n dwp. A wy'n difaru'n ened. Achos yng nghanol y ffys a'r ffwdan a phwynto bysedd, hon, y slipen fach o groten, o'dd yr unig un i weud 'i bod hi'n becso'n fowr am Dewi.

Siriol

Mi eith Mam i Eryl Môr bob hyn a hyn i roi help llaw – trio llnau rownd y llanast, golchi'r llestri, disinffectio'r sincs a'r toilets. Ond chaiff hi'm golchi dillad – Dai sy'n gneud (yn 'bur anamal', medda Mam), a 'toes 'na neb yn smwddio, byth. Felly ŵyr hi ddim sut betha ydi'r dillad gwely. A fuo hi 'rioed yn ratic Dewi – cheith hi ddim, nac yn stiwdio Dai, lle mae o'n byw a bod a chysgu a gneud ei fisdimanars. 'Dirgelwch,' medda Mam – 'hen hongliad mawr o dŷ, a 'mond dwy stafall yn cael iws.' A hitha ddim yn cael llnau'r naill na'r llall. Ond 'Calla dawo!' medda hi, rhag ypsetio Dai, ac er mwyn gneud ei gora glas dros Dewi. Ac mae hi'n falch o'r pres. Ac mae Dai yn talu'n dda. Ac fel mae Dad yn deud, 'Mae digonadd yn y sach gin Dai.'

Dwi ddim yn gwbod pam, ond weithia, yn enwedig berfadd nos, dwi'n teimlo'n unig ac yn ddiflas iawn. Hen ofn, ella. Ofn be, dwi ddim yn siŵr. Dwi'n rhy hen a chall i fod ag ofn bwganod. Ac eniwê, tydyn nhw ddim yn bod. Dim ond yn eich pen, fel monstars Dewi. Ond pan fydd petha'n dywyll, maen nhw yno. Yn gneud eu castia creulon. Yn fy mhen. A'r unig ffordd i'w difa nhw 'di chwara'r Gêm Ddychmygu.

Dychmygu lluchio'r sbectol potia jam i'r bin. Dychmygu gwisgo sbectol hud go-iawn. Dychmygu medru gweld y petha mwya rhyfadd drwyddyn nhw. Gweld yn glir. Gweld i mewn drw' ffenast ratic Dewi, ac ynta'n cysgu ar ei wely rebal, neu'n darllan tan berfeddion, neu'n sbio ar ei fideos neu'n sgwennu'i blwmin restra pwysig. Ei weld o'n codi ac yn dŵad at y ffenast ac yn sbio lawr ar Sŵn-yr-afon. Mi fasa'n sylwi ar y gola yn fy ffenest inna, yn sbio mewn, ac yn codi'i law a gwenu, cyn troi a mynd 'nôl i orfadd ar ei wely. Ac mi fasa'n meddwl amdana i drw'r nos am ei fod ynta, hefyd, yn methu cysgu.

Fy sbectol hud go-iawn – am syniad gwirion ac amhosib.

Fy Ngêm Ddychmygu wirion ac amhosib. Pob dim yn wirion ac amhosib. Am mai fi 'di Siriol Llygid Sosar wirion a Dewi bach 'di Dewi bach a chawn ni byth fod yn ddim byd arall.

Dwi wedi sôn amdani wrtho fo. Gofyn iddo'i chwara efo fi. Tasan ni 'mond yn trefnu'i chwara hi'r un amsar, mi fydda unrhyw beth yn bosib. Pob dim yn bosib. Chwerthin ddaru o. Deud fod yn well gynno fo ddarllan *Aliens with X-ray Eyes, Volume II*.

Yn fy Ngêm Ddychmygu, mae Dewi a finna'n gorfadd efo'n gilydd yn fy ngwely mawr yn Sŵn-yr-afon, o dan fy nghwrlid Barbie. Ac mae ei freichia amdana i, a'i ben yn pwyso ar fy ysgwydd. Ac mae o'n cysgu'n drwm – fel y bydd o weithia yn y Lolfa Las, cyn i Tom ei godi a'i gario fatha pluan mewn i dorm yr hogia. A finna bron â marw isio mynd yn gwmni iddo fo.

Pan fydd Jo neu Cadi'n dŵad i jecio dorm y genod, ac yn gofyn imi pam dwi'n crio, dwi'n deud 'cur pen', 'poen bol', 'y ddannodd' – unrhyw beth ond deud y gwir.

Hen gêm brifo ydi'r Gêm Ddychmygu.

Dai

O'n i wedi danto. A fe safes i a chamu hibo i Miss Lloyd-Williams, at y drws.

'Mistar Morgan,' mynte hi, 'rhag i chi gael camargraff, 'dan ni 'di trio pob dim posib: ei berswadio fo, ei wobrwyo fo – sêr aur ac arian, a lolipop ar ddiwadd dydd. A dim yn tycio. Ac mae arna i ofn na fydd dim yn tycio byth.'

Fe agores i'r drws, ond fe afaelodd hi yn 'y mraich. 'Lluchio'r lolipops a'r sêr ar lawr! Dyna mae o'n neud!'

Wherthin 'nes i, a gweiddi, 'Ffycin lolipops a sêr! 'Sdim rhyfedd bod y bygyr bach yn rhegi!'

Cyn slamo'r drws, fe sylwes i ar y groten Joyce yn gwenu arna i.

Siriol

Dro arall, dwi'n reit hapus yn fy llofft, yn sbio allan ar y pentra i weld pwy wela i. Mae hynny fatha sbio ar *Neighbours* neu *Pobol y Cwm* neu *Home and Away* – heb y sain, wrth gwrs. Gweld pobol – a nhwtha ddim yn eich gweld chi. Gneud fy nrama fach fy hun, dyna dwi'n licio'i neud, am y mynd-a'r-dŵad a'r stwna ar y sgwâr ac wrth y siop a'r Cross a'r capal. Y sgwrsio am y teulu a'r tywydd a'r newyddion, y 'gosips', chadal Mam, yr '*hatch, match an' despatch*', chadal Nain pan oedd hi'n fyw, pan fydda hi'n gwisgo'i sbectol i ddarllan y 'deaths' yn y *Daily Post*.

Nos Wenar a nos Sadwrn, mae petha'n brysur wrth y Cross. Dwi'n medru clywad y gweiddi a'r canu, a gweld pwy sy'n mynd i mewn ac allan. (Pwy sy'n cael ei gario allan, weithia.) Dwi'n cofio gweld Dewi'n eistadd ar y wal yn gweitiad am Dai, cyn i Mam roi stop ar betha a mynnu'i gael o i aros efo ni. Mae o wrth ei fodd yn cysgu ar wely gwynt yn parlwr – fatha'i wely rebal, chadal ynta. Faswn i ddim yn licio hynny. Er bod 'y ngwely bach i yn y dorm yn gul a chalad, mae o'n reit gysurus. A nefoedd ydi sincio mewn i 'ngwely mawr yn Sŵn-yr-afon.

Rŵan, ers peth amsar, ar ei ben ei hun yn ratic y bydd Dewi bob nos Wenar a nos Sadwrn, a Mam yn poeni'i henaid. Mi fedar rhwbath ddigwydd, medda hi. Ond fedar

hi neud dim. A dwi'n gwbod bod Dewi'n berffaith hapus yno
– nes daw Dai a'i grônis adra a gneud twrw mawr a gwyllt.

Ddwywaith y Sul mae ledis y pentra yn eu hetia a'u
costumes, a'r dynion yn eu siwtia, yn strytian i'r eglwys neu'r
capal. Weithia, mi wela i giaridýms Bryn Llan a'u mêts o dre
yn loetran ar y sgwâr neu'n rasio ar eu moto-beics neu yn eu
ceir sŵpd-yp. Ar amball noson dywyll, mi wela i gysgodion
yn hofran yn y *lay-by* ar yr Allt. Dwi'n gwbod yn iawn pwy
ydan nhw. A be'n union maen nhw'n neud. Ond ddeuda i
ddim wrth neb.

Ac weithia, pan fydda i ar fin cysgu, dwi'n clywad clec
o wn, ac un arall ac un arall eto a'r cyfan yn eco brifo yn fy
mhen. A dwi'n gorfod cau fy llygid a rhoi fy mysadd yn fy
nghlustia a thwrio o dan fy nghwrlid.

A dwi isio cuddio yno'n saff a pheidio byth â dŵad allan.

Dai

Mas â fi i'r awyr iach. A thano mwgyn. A'i thynnu miwn yn
jogel. A hwthu mas a watsho'r mwg yn diflannu'n sbeiral lan
i'r awyr. A gwrando ar wherthin plant yn cico pêl a whare tag
a hopsgotsh. Tynnu'n galed; hwthu mas. A pheswch. A sylwi
bod 'y nwylo'n crynu.

Sboto Dewi yn 'i jymper liwgar – Eira Lewis wedi'i gweu
hi'n bresant. 'I weld e'n eiddil yn 'u canol nhw i gyd, ond yn
rhedeg gyda'r gore, 'i wallt yn twmblo yn yr houl. Jawl, hen
grwtyn pert . . .

Tynnu unweth 'to a hwthu mas cyn towlu'r stwmp a'i
stampo miwn i'r concrit. Tano mwgyn arall. A watsho'r gêm.

Dou dîm, chwe chrwt, dwy groten. Taclo, cico 'nôl a

mla'n, lot o sŵn, dim lot o drefen. A Dewi'n whys drabŵd, fel rhyw fferet bach yn whibad rownd 'u coese nhw i gyd.

Nes i'r whare droi'n wherw'n sydyn. Croten gorffog, ringlets melyn, yn 'i daclo o'r tu cefen. A fynte'n cwmpo'n glatsh. A phawb yn wherthin. A fynte'n codi, rhwto'i goes a gweiddi, 'Cachu! Cachu! Cachu!' Cico, pwno, a dou ne' dri'n cico, pwno 'nôl. A finne'n raso ar draws yr iard.

Ond ddim yn ddigon clou. Rhy fusgrell a didoreth. Ac o'dd y crwtyn Birkenshaw wedi cyrredd 'na o mla'n i, a rhoi'i freichie main am Dewi a sibrwd rhwbeth dan 'i ana'l. Ta beth wedodd e, fe stopodd pawb yn stond.

'*I mean it!*' mynte fe, yn uwch tro 'ma. '*Keep off 'im, right?*'

Synnes i weld crwt mor eiddil mor ddewr.

Ond 'ma'r sbort yn dechre 'to, a'r crwtyn Birkenshaw'n 'i cha'l hi 'da nhw hefyd, a fe a Dewi fel cadnoid o dan gŵn hela.

A'r cwbwl yn cwpla'n sydyn pan gyrhaeddodd Jones y sgwlyn a gweiddi 'Reit, 'na ddigon! Mewn i'r ysgol, y cenawon drwg!'

A Dewi'n troi ata i, 'i wyneb yn frwnt a gwelw a gwlyb.

'Dai,' mynte fe.

'Ie?' mynte fi, jyst â marw isie gafel yndo fe a'i wasgu'n dynn.

'Dim,' mynte fe, a throi bant 'da'r lleill.

'Na pryd sylwes i ar Siriol Lewis. Yn watsho popeth o'i chader wrth y gât.

Es i hibo iddi, a chroesi draw i'r Cross.

Siriol

Weithia, yn yr oria mân, dwi'n estyn am fy sbectol ac yn sbio allan i'r tywyllwch. Tydw i byth yn cynna'r lamp sy wrth y gwely rhag i Mam a Dad sylweddoli 'mod i'n effro a dŵad i jecio 'mod i'n iawn. Mi faswn inna isio deud mai'r cyfan dwi isio ydi llonydd. Ond mi fasa hynny'n eu brifo nhw'n ofnadwy.

Pan fydd dim lleuad na sêr, dwi'n gweld dim byd ond du. 'Bol buwch o noson,' chadal Dad. ('Düwch dudew' gawson ni mewn gwers gin Cadi – a ninna i fod i feddwl am eiria'n dechra efo 'D'.) Ond wrth imi arfar â'r tywyllwch, dwi'n dechra gweld siapia – rhai llwyd ar gefndir du'r awyr – toeau'r tai a'r siop a'r Cross a'r garej; to'r ysgol efo'i gloch; to mawr y capal, tŵr uchal yr eglwys, sgwaryn bach y sheltar; coed Allt Wern a chloddia tal Lôn Ddu. Pan fydd hi'n noson glir, mi fydd y siapia'n fwy siarp, yn ddu yn erbyn gola'r sêr a'r lleuad. Adag rhew neu eira, dwi'n licio gweld y pentra'n disgleirio – 'da iawn, Siriol!' – fatha cist o drysor.

Ond be dwi'n licio ora 'di gweld un gola bach, fel lleuad yn y pellter. Gola ratic Eryl Môr. A dwi'n dychmygu Dewi wrthi'n darllan, neu'n gwrando ar ei fiwsig, neu'n sbio ar ei fideos. Mae o'n effro, garantîd. Achos deryn bach y nos 'di Dewi. Dyna ddeudith Jo pan ffindith hi fo'n crwydro'r coridora yn ei byjamas. Mi fydd hi'n gafal yn ei law a'i arwain yn ei ôl i'r dorm – ddwywaith, deirgwaith, amball noson. Hi 'di'r unig un o'r staff sy'n llwyddo i'w dawelu fo. Rhwbath yn ei llais hi, ella; a'i gwên, wrth gwrs. Hi gafodd y syniad o gael gola sbesial wrth ei wely iddo fo gael darllan heb ddistyrbio'r hogia erill. A 'tydi hi byth yn swnian nac yn hefru nac yn cario clecs at Mistar Blodyn. Mae Siriol Llygid Sosar yn gweld y petha 'ma i gyd.

Dwi'n sbio draw at ratic Eryl Môr am oria amball noson, yn styriad lot o betha. Dwi'n styriad – taswn i'n rhoi'r gola mlaen, a tasa Dewi'n digwydd sbio draw . . .

Ac ella – neu ella ddim . . .

Ac ella ddim sy'n ennill.

Dai

'Chlywes i ddim rhagor. Am y tro. Dim neges gas o'r ysgol, dim sôn am drwbwl. A do'dd dim pwynt gofyn lot i Dewi, 'mond 'Shwt o'dd pethe heddi?' Yr un ateb gelen i bob tro: 'Iawn, diolch, Dai.'

A 'na le o'n ni'n dou, finne'n whilibawan, fel arfer, a fynte'n hala mwy a mwy o'i amser lan yn 'ratic. O'n i'n falch o hynny – o'n i'n ca'l mwy o lonydd ac o'dd ynte i'w weld yn ddigon hapus yn 'i fyd bach e.

Ond o'dd ambell beth yn dachre 'mecso i fwyfwy. A'r peth mwya o'dd y crwydro. Jawl, mae'n anodd cofio pryd yn gwmws a'th y peth yn broblem fowr; a falle y dylwn i fod wedi sylweddoli'n gynt 'i fod e'n diflannu'n amlach, yn cadw bant am fwy o amser, a byth yn gweud ble fuodd e. Ond o'dd rhwbeth yn 'y nŵr i'n gweud 'i fod e'n saff – jawl, sdim lle saffach yn y byd na phentre Llan! A ta beth, o'dd e wastad yn dod sha thre â'i 'Shw'mai Dai!' a'i wên fach bert.

Ond – fe ges i alwad. O'dd e wedi jengyd mas o Ysgol Llan.

'Diflannu,' mynte'r Jones bach. 'Heb ddeud bŵ na bê wrth neb.'

'Shwt hynny?' mynte fi, 'a chithe fod 'i watsho fe bob munud?'

'Dowch yma ar unwaith, Mistar Morgan,' mynte fe.

A 'na beth 'nes i – a phaso crowd fach wrth y gât, yn ca'l 'u hala ffor' hyn a'r llall 'da Doctor Glyn, o bawb.

'Yr afon!' mynte fe. 'Dyna lle ddechreuwn ni!'

O'n i 'na o'u bla'n nhw – er gwaetha'r fegin glwc. A fe weles i fe'n strêt, yn ishte ar un o gerrig y rhyd, 'i dra'd yn 'dŵr.

'Dewi,' wedes i, gan drio bod yn dawel a diffwdan. O'n i ddim isie rhoi ofon iddo fe; o'n i mor falch 'i weld e'n saff.

'Dai,' mynte fe, 'fy sana-sgidia!' A phwynto at 'i dra'd, a golwg pyslan ar 'i wmed. 'Damia – maen nhw'n wlyb!'

'Wrth gwrs 'u bo' nhw'n wlyb, y twpsyn!' 'Na beth o'n i'n moyn weud. Ond beth wedes i o'dd, 'Paid â becso, Dewi bach!' a thynnu'i dra'd e mas o'r dŵr.

'Dim dwrdio, Dai!'

Druan bach ag e. 'Na'r peth diwetha nelen i. Y cwbwl o'n i'n moyn neud o'dd gafel yndo fe a'i gario'n saff i Eryl Môr. Fe dwtshes i â'i law e, a gweud, 'Dere, awn ni gatre.'

'Na pryd sylwes i ar y rhosyn – un coch – ar garreg fflat. A wedyn sylweddoli bod y cafalri 'di cyrredd – Jones y sgwlyn a Doctor Glyn a dou ne' dri o'r bois – a'u bo' nhw'n pipo arnon ni, a bo' Dewi'n pipo arnyn nhw fel cwningen wedi'i dal mewn hedleits car.

O'dd hi'n amlwg bod y sgwlyn wedi ca'l llond twll o ofon.

'Dewi!' mynte fe. 'Be haru ti'r hen hogyn gwirion!'

'Gadwch e fod!' mynte fi. 'Dim fel'na ma'i drafod e!'

'Wel? Sut goblyn *mae* ei drafod o?' mynte fe, a'i wmed yn gwelwi fesul eiliad.

Elfyn Lewis, a'i 'Dowch, ŵan, pwyllwch!' roiodd gyfle i fi godi Dewi yn 'y mreichie. O'dd e'n crynu, a'i sgidie a'i socs yn wlyb yn erbyn 'y nghrys i.

'Dewi! Hwda hwn!'

Elfyn Lewis 'to – yn hwpo'r rhosyn coch i boced Dewi.

'Ocê?' mynte fe, a winco a chodi'i fawd.

'Ocê,' mynte Dewi, a chodi'i fawd 'nôl.

'Dere di,' mynte fi, a dachre dringo lan y llwybyr. A throi – a gweld Jones y sgwlyn a Doctor Glyn yn pwyllgora'n fishi. O'dd Elfyn Lewis yn cerdded draw at Sŵn-yr-Afon – ac o'dd Eira Lewis yn pipo dros y clawdd.

'Dere di, Dewi bach . . .'

'Na beth wedes i bob cam lan y rhiw i Eryl Môr.

'Dere di, Dewi bach, dere di . . .'

Siriol

Dwi wedi'i weld o. Yn sleifio mewn drw'r giât i rardd. Yn sbio rownd. Yn 'studio'r rhosod. Yn eu mesur nhw, weithia, efo'i blwmin dâp. Cyn dewis un – yr un mwya – a'i dorri. A'i roi o yn ei bocad.

Dwi 'di gweld ei fys o'n gwaedu. 'Mond unwaith. A fynta'n ei sugno fo. I stopio'r gwaed. I stopio'r boen. Dyna be dw inna'n neud 'rôl pigo 'mys.

Mi o'n i'n gwbod.

Lle roedd o'n mynd â nhw.

Un rhosyn ar y tro.

Ond do'n i'm isio deud wrth neb.

Rhag i bobol feddwl petha cas.

Ei fod o'n stiwpid.

Mae pawb yn gwbod rŵan.

Ond nid fi ddeudodd.

Ond dyna ydi o.

Stiwpid.

Dai

Y ceubosh ar y cwbwl. Rhyw brynhawn dy' Gwener diflas, a'r ffôn yn canu – Jones y sgwlyn, 'yn awyddus i gael sgwrs fach arall – hynod bwysig'.

A 'na le o'n i, yn 'i dipyn offis unweth 'to.

'Y llythyr yma', mynte fe, a stwffo enfelop o dan 'y nhrwyn. 'O'r Swyddfa Addysg. Mi gawsoch chi gopi, debyg iawn?'

'Beth yw 'u neges nhw'r tro hyn, Jones bach?' mynte fi.

Do'dd 'da fe fowr o ddewis ond whare'r gêm.

'Argymhelliad gwych. Cyfla mawr Dewi i symud mlaen o'r diwadd.'

'I ble?' mynte finne.

'Ysgol Gorlan, Mistar Morgan. Newyddion da, yntê?'

Fe dynnes i 'mhacyn ffags o 'mhoced.

'Mae'n ddrwg gin i, Mistar Morgan', mynte fe.

'Am beth?' mynte fi, a thano mwgyn. 'Am y cam ma' Dewi wedi'i ga'l?'

'Ylwch', mynte fe'n flinedig, a hwpo soser ar draws y ddesg, 'mae o'n fatar o gyfaddawd.'

'Gwedwch chi', mynte fi.

''Dan ni wedi deud, sawl gwaith, na fedrwn ni neud mwy. Ddim yn Ysgol Llan. Ond stori arall ydi Ysgol Gorlan. Ysgol wych . . .'

''Na fe 'te,' mynte fi. 'Y penderfyniad wedi'i neud.'

'I bob pwrpas. Matar o ffurfioldab . . .'

'Llenwi fforms a phethe.'

'Ia. Ac mi gewch chi bob cymorth ac arweiniad . . .'

'Diolch,' mynte fi, a fflico llwch i'r soser.

''Toes dim angan diolch . . .'

'O's – am y soser. A beth am fasned o ddŵr-a-sebon? I chi ga'l golchi'ch dwylo'n lân – ohona i a Dewi.'

O'dd hen ddiawl creulon wedi gafel yno i. A o'dd 'i wmed bach e'n bictiwr.

'Dalltwch hyn, unwaith ac am byth,' wedodd e o'r diwedd, 'mae 'na ben draw ar amgylchiada ac adnodda . . .'

'Amynedd, hefyd?' mynte fi, a thynnu ar y mwgyn a hwthu mas a chasáu'n hunan fwyfwy fesul eiliad.

'Taswn i'n medru,' mynte fe, 'mi gadwn i Dewi yma, yn ei gynefin, lle y dylia fo fod, efo'r bobol sy'n 'i nabod o – yn 'i garu fo . . .'

A thynnu macyn o'i boced a sychu'i lyged.

'Na beth o'dd dou fach bert, fe a fi, yn ffaelu'n lân â gweud dim rhagor. A dim rhagor i'w weud, ta beth.

Nes i Miss Lloyd-Williams hwylio miwn – wedi gwynto mwg.

'A 'sdim mwg heb dân!' mynte fi, a stwmpo'r ffag i'r soser.

'Mistar Morgan,' mynte hi, 'dwi am ddeud un peth, a dyna ddiwadd arni.'

'Clatshwch bant,' mynte fi.

"Toes gin i'm ofn hen fwli fel chi."

Hwnnw o'dd 'y nghyfle mowr – i weud 'Sori', cyfadde bo' fi ar goll yn lân, ac ymbil am help. Ond beth wedes i o'dd, 'Pidwch becso, wy'n mynd o 'ma – a Dewi 'da fi 'fyd.'

'Ddiwadd tymor,' mynte'r Jones. 'Does dim brys.'

Fe afaelodd Miss Lloyd-Williams yn 'y mraich a gweud, 'Mi geith o'r sylw gora posib yn Gorlan – ar gyfar plentyn fatha fo.'

'A shwt un yw hwnnw'n gwmws?' mynte fi.

'Un arbennig iawn,' mynte hi, a dabo'i llyged â macyn gwyn.

'Na beth o'dd tri bach pert.

'Sori am y mwg,' mynte fi, a mynd at y drws a'i agor. A gweld Dewi'n strêt, ar 'i ben 'i hunan yng nghornel pella'r iard, yn watsho'r plant yn whare.

'Ble ma' fe'r pŵr dab bach arall?' holes i. 'Y boi bach Birkenshaw?'

"Tydi Carl ddim yn 'rysgol heddiw,' mynte'r Jones.

'Call y jawl,' mynte fi.

'Calla dawo,' mynte fe.

A finne'n 'y nghasáu'n hunan yn fwy nag erio'd.

Siriol

Bob nos Sul 'dan ni i fod i fynd 'nôl i Gorlan yn y minibus. Ond weithia, dwi'n manejo bod yn sâl. Cur pen, cyfogi, pesychu – dwi'n medru actio'r cyfan. 'Salwch nos Sul' ydi o, medda Dad. Dwi 'di glywad o'n deud wrth Mam a hitha'n chwerthin a deud, 'Gad lonydd iddi. Chwara dandwn mae hi.' Ac mae hi'n berffaith iawn. Ac yn dallt y dalltings. Ac mi ffonith i ddeud wrth bwy bynnag sydd ar diwti na fydda i'n dal y minibus. Ac mi ddaw â swpar imi ar hambwrdd – sbarion cinio-dy'-Sul a phwdin reis a phêrs o dun. A dwi'n gneud ati i bigo 'chydig, er 'mod i jest â marw isio llowcio'r cyfan mewn un go. Ac mi fydd hitha'n gwenu ac yn chwara'r gêm.

A dwi'n mynd i eistadd wrth fy ffenast i weitiad am y minibus. Mi ddaw o lawr yr allt o Eryl Môr a rownd y sgwâr. Fedra i ddim gweld i mewn, ond dwi'n dychmygu Tom yn gyrru a Dewi'n eistadd yn y cefn. A dwi'n gwbod ei fod o'n sbio ar fy ffenast, reit i mewn. Ac am eiliad bitw fach 'dan ni'n sbio ar ein gilydd, heb weld y naill na'r llall. Ac mae hynny'n deimlad od. Dwi'n codi'n llaw, a dwi'n gwbod ei fod ynta'n gneud 'run fath. A wedyn mae o wedi mynd.

Mi ddaw Mam i eistadd wrth 'y ngwely ac mi gawn ni *Caniadaeth y Cysegr* ar y radio neu *Dechrau Canu* ar y telefision bach, efo Dai Llanilar neu Trebor neu pwy bynnag, 'motsh gin i. Licio clywad y canu ydw i, 'nenwedig pan ddaw Dad aton ni a chanu'i hochor hi a Mam yn hymian hefo fo wrth weu neu wnïo.

Sioclad cynnas 'di'r boi cyn mynd i gysgu. 'Dan ni'n cael hwnnw yn Ysgol Gorlan, hefyd, ond 'tydi o ddim patsh i'r un dwi'n ei gael gin Mam. A dwi'n cysgu fatha babi ar ei ôl o.

Ac yn y bora mi ddaw Dad i ddeud, 'A sut ma'n hogan bach i heddiw?' A dwi'n atab 'mod i 'chydig bach yn well. Ac mi fydd ynta'n chwerthin a deud, 'Mi fyddi fel y boi pan ddo' i adra heno.' Sws a charu-mawr a lawr â fo gan weiddi 'Ta-ra, Eira!' wrth ddrws y ffrynt. Ac mi fydd hitha'n atab, 'Elfyn, paid â bod yn hwyr!' A dwi byth yn siŵr ai siars i beidio bod yn hwyr i'w waith 'di hynny neu siars i beidio bod yn hwyr i'w swpar. Ond be 'di'r otsh? 'Ocê, bòs!' 'di'r atab bob un tro. A dwi'n ei weld o'n cerddad at ei fan, yn lluchio'i dŵl-bocs mewn i'r cefn cyn troi a chodi'i law a gyrru i ffwrdd. A dwi'n gwbod bod Mam yn sefyll wrth y drws am hydoedd cyn mynd am y gegin a dŵad â phanad imi a gofyn, 'Sut wyt ti erbyn hyn?' Er ei bod hi'n gwbod be 'di'n gêm i.

Wedyn mi fydd hi'n gofyn ydw i isio gneud pî-pî neu pŵ. Ac mi fydda i'n atab 'Na,' bob tro er 'mod i jest â byrstio weithia. Ond mae'n well gin i fynd yn fy amsar bach fy hun. Heb orfod gwrando ar y 'cofia sychu dy ben-ôl yn ddel' a'r 'golcha di dy ddwylo'n hogan dda'.

Gas gin i gael fy nhrin fel babi a chael fy ngalw'n 'hogan dda'. Gas gin i fod yn dwpsan wirion mae gofyn dawnsio tendans arni. Ffycin hel, dwi 'run fath â phobol erill, 'mond 'mod i'n cael traffarth gweld a cherddad.

Gas gin i feddwl petha brifo fel'na, 'nenwedig yn hwyr y nos. A dwi'n trio peidio, neu mi fydda i'n troi a throsi, methu cysgu. Ond fel arfar, ar ôl sioclad cynnas Mam, dwi'n chwyrnu cysgu ac yn deffro fora Llun yn 'cyfrif fy mendithion'. Diwrnod newydd arall. Un dydd ar y tro. Thanciw, Tecwyn a Trebor, feri mytsh. A dwi'n diolch 'mod i'n fyw ac yn iach ac yn hapus, a bod gin i Dad a Mam sy'n werth y byd i gyd.

'Stiwpid.' Dyna fasa Dewi'n ddeud. Ac ella ei fod o'n iawn. Mae o'n iawn bron bob amsar, damia fo. Ond be ŵyr o am chwara dandwn? A gwely ogla Persil? A mwynhau *Dechrau Canu*? A bloeddio canu 'Yng nghôr Caersalem lân!' efo Dad?

Dim. Dyna'r atab. A dwi'n falch fy mod i'n gwbod mwy nag o am amball beth.

Dai

Na, digon o'dd digon y prynhawn bach diflas 'na. A dim rhagor i'w weud na'i neud. A dim owns o enerji ar ôl 'da fi. A dim calon i ypseto neb dim mwy – Jones y sgwlyn, Miss Lloyd-Williams na fi'n hunan. O'dd isie amser arna i. I styried pethe, trio gwitho pethe mas.

Gorfodi crwtyn bach pump o'd i newid ysgol, a newid ardal, i bob pwrpas. Whalu'i fyd e – 'na beth o'dd 'u master plan nhw. Iddo fe ga'l 'whare teg' a 'sylw arbenigol', fel o'n i newydd glywed yn offis Jones y sgwlyn. 'Sbardun i'w ddatblygiad' – 'na beth fydde pregeth yr hen Fflower, maes o law, wrth drio – wrth offod – ymdopi â Dewi yn Ysgol Gorlan.

Fe es i draw at Dewi wrth wal bella'r iard. Ac ishte 'dag e. A'r naill na'r llall ohonon ni'n gweud gair.

A fe benderfynes i'n fforso'n hunan i whare gêm fach yn 'y mhen, un fach ddigon diflas.

Cwestiwn (atebwch drwy roi ✓ neu ✗ yn y blwch perthnasol):

Ymhle / gan bwy y caiff Dewi chwarae teg / sylw arbenigol / sbardun i'w ddatblygiad?

a) Eryl Môr .... ☐

b) Ysgol Llan .... ☐

c) Ysgol Gorlan .... ☐

ch) Sŵn-yr-afon .... ☐

d) unrhyw le o gwbwl .... ☐

dd) unrhyw un erioed .... ☐

e) dim pripsyn o ddim byd gan neb yn unman .. ☐

A phenderfynu dou beth arall 'fyd:

1) taw cawdel o'dd y cwbwl,
2) gohirio'r whalfa am y tro.

Tano mwgyn 'nes i, gweud 'Wela i di,' wrth Dewi, a chered
mas drw'r gât, i'r Cross.

Siriol

Dwi'n licio boreua 'sâl' dydd Llun. Gorfadd yn 'y ngwely'n
sbio drwy fy 'ffenast telefision' ar y plant yn cyrradd Ysgol
Llan. Mi fydd amball un yn sgipio'n hapus at y giât; amball
un â'i law yn sownd yn llaw ei fam neu'i dad, yn gwrthod
gwllwng gafal. Mi fydd 'na sterics, weithia, sgrechian,
'Dwi'm isio mynd i'r ysgol!' Ond mynd i'r ysgol fyddan nhw
yn 'diwadd, garantîd.

Yn y sheltar dros y ffordd dwi'n gweld y llafna hŷn yn
gweitiad am y bws i Ysgol Dre: yr hogia'n tynnu ar ei gilydd,
smalio cwffio, gweiddi'n ddig'wilydd ar y ceir sy'n mynd
heibio; y genod wrthi'n sbio ar yr hogia; yr hogia'n tynnu
sylw'r genod. Ac amball un yn smocio. A dwi'n gweld y mwg
yn codi fatha smôc signals y Sioux. (Dewi sy'n deud hynny.)

Fasa'n well gin i beidio cofio hyn – ond mi ydw i, a dyna
ddiwadd arni. Carl Birkenshaw, yn sefyll ar wahân i'r lleill,
yn trio peidio tynnu sylw. Mistêc, gan fod y cnafon drwg yn
licio'i weld o'n trio cuddio, ac yn pigo arno fo, fatha haid o
biod. Gneud hwyl am ei ben o, lluchio'i fag o'r naill i'r llall,
ei bwnio, amball un. A finna'n gorfod troi 'mhen, ddim isio'i
weld o'n diodda. Ac yn falch pan fydda'r bws yn cyrradd a'r
sigaréts yn ca'l eu diffodd a'r chewing gum yn cael ei stwffio

i gega a phawb yn bowndio mewn. Pawb ond Carl, fydda'n sleifio mewn y funud ola ac yn mynd i eistadd efo'r dreifar yn y blaen.

Dwi'n methu stopio meddwl. Pan o'n ni'n tri – fi a Dewi a Carl – yn Ysgol Llan, toedd dim un ohonan ni'n hapus yno. Ddim yn ffitio mewn. Plant yn tynnu arnon ni. Pam? Dyna faswn i'n licio gwbod.

Mi oedd Dewi'n broblam; mi oedd gin i broblam gweld a cherddad; ond be am Carl? Pam pigo arno ynta yn Ysgol Llan ac Ysgol Dre? Am ei fod o'n hogyn ffeind a chlyfar a'i fod o'n licio chwara gwyddbwyll – ei dad yn ei ddysgu fo. Mam sy'n deud.

Un waith – mi fasa'n well gin i beidio cofio hyn, hefyd, ond mi ydw i – pan luchion nhw ei fag o'r naill i'r llall, mi syrthiodd rhwbath allan. Ac mi fuo fo'n chwilio'n ddyfal ar y pafin, gan bigo petha i fyny, yma ac acw. Ei ddarna gwyddbwyll, dyna oeddan nhw, garantîd. Y bocs wedi agor a'r darna dros y pafin. A'r bora hwnnw, mi gollodd o'r bws – y dreifar yn blino aros. Ac mi chwarddodd y plant wrth iddo yrru i ffwrdd.

Mi oedd Mam yn poeni'n fawr am Carl, yn dwrdio'r cnafon drwg a bygwth eu riportio nhw. A cha'l gwawd yn atab. A'i bygwth hitha, hefyd. Ac mi stopiodd ddwrdio. A deud dim byd.

Mi oedd Carl yn unig blentyn, fatha fi a Dewi. Ella bod hynny'n broblam. Neu'r ffaith ei fod o'n Gocni, a'i fod o a'i dad a'i fam yn siarad fel tasa problam efo'u tafoda, ond yn ddigon ffeind, serch hynny. Mam sy'n deud.

Maen nhw wedi symud, rŵan, 'nôl i Lundan. Ella y bydd

y Cocnis yn pigo ar Carl yn fan'no, hefyd, medda Mam, am ei fod o'n blentyn diarth, wedi bod i ffwrdd. Ond fedar hi ddim poeni rhagor amdano, medda hi. Mae gynni hi ddigon ar ei phlât.

Dwi'n meddwl, ella – meddwl gormod, chadal Mam.

A dwi'n gorfod stopio meddwl.

Am ei fod o'n brifo.

Dai

Un o ddyddie dua 'mywyd i. A fe ges i'n siâr o ddyddie duon. Ond wrth edrych 'nôl fel hyn, ma' hwnnw'n sefyll mas.

Ar ôl wthnos o fecso a meddylu, 'ma fi'n penderfynu'n sydyn, ar ôl ca'l tot o wisgi'n bwdin ar ôl cino, nad o'dd dim pwynt gohirio'r arteth. O'n i'n hollol rong, wy'n sylweddoli hynny nawr, ond codi pais yw hynny ar ôl yr holl flynydde.

Martsho lan i'r ysgol, 'na beth 'nes i – ar ôl tot fach arall yn y Cross – a miwn drw'r gât i'r iard. O'dd hi'n amser whare prynhawn, a 'na ble o'dd Dewi yn 'i gornel yn whare *chess* 'da'r crwtyn Birkenshaw.

'Dewi!' mynte fi.

A fynte'n codi'i ben mewn syndod.

'Dai!' mynte fe.

Wedes i ddim byd, 'mond 'u watsho nhw am 'bach – y crwtyn Birkenshaw'n egluro ambell fŵf yn llawn amynedd.

'*Check mate.*' 'Na beth a'th drw 'meddwl i. Gweld popeth rownd i ni ar stop: y plant i gyd 'di stopo whare; Jones y sgwlyn a Miss Lloyd-Williams yn pipo mas o'r portsh; Joyce yn pipo drw' ffenest Dosbarth Bach. Dewi a'r crwtyn Birkenshaw yn 'studio'r *chessboard*. A Siriol Lewis yn watsho pawb.

A phawb – ond Dewi a'r crwtyn Birkenshaw – yn disgwl i fi neud mŵf.

Gan wbod taw hwnnw fydde'n dod â'r gêm i ben.

Endgame, ddiawl.

Siriol

Ar ôl treulio'r bora Llun yn 'y ngwely, yn 'busnesu', chadal Mam – pwy sy'n mynd-a-dŵad wrth y siop, neu'n dal bws pôst i'r dre – mi fydda i bron â llwgu. Mi ddaw Mam i holi fedra i fyta 'chydig bach o ginio, a dwi'n smalio styriad yn ddifrifol cyn atab, 'Iawn, mi dria i 'ngora.'

Ar ôl cinio, y cwestiwn mawr: 'Fyddi di'n ddigon da i fynd i Gorlan erbyn nos?' Dwi'n atab, 'Bydda, debyg,' ac mi fydd hitha'n nodio'i phen.

Ac mi ddaw'n hannar awr wedi tri – amsar dod o Ysgol Llan – ac yn chwartar wedi pedwar – amsar bws Ysgol Dre – ac yn chwartar i bump – y bws pôst yn dŵad yn ei ôl – ac yn bump – a Dad yn dŵad adra – ac yn amsar molchi, gwisgo a disgwyl am y minibus.

Amsar deud 'Helô' wrth Tom.

Ac edrych mlaen at weld Jo a Cadi.

A Dewi.

(Efo rhestra bach fel hyn, dwi'n mynd yn debycach iddo fo bob dydd. A dwi'n licio hynny'n fawr.)

Dai

'Damo di, Dewi Miles!'

'Na beth waeddes i.

A fe droiodd e ata i 'to, fe a'r crwtyn Birkenshaw. O'n i

isie gweiddi rhwbeth arall, 'Damo dy lyged glas di! Dy gwrls melyn, dy wên fach bert! Damo dy bitsh o fam, a'i shifft o shidan coch o'n i'n lico whare 'mysedd 'tani, a'i gwynt lafender o'dd yn hala dyn yn ddwl! Damo dy dad, 'ta pwy ddiawl yw hwnnw! A damo'r holl gawdel 'ma, a phawb sy wedi'n hwpo i yndo fe!'

Ond 'nes i ddim.
Sefyll fel delw, 'na beth 'nes i.
Fel un o'r tipyn darne *chess*.

Sa i'n cofio'n glir beth ddigwyddodd wedyn.
Fues i'n siort, falle, gweiddi, 'Dere, Dewi!'
A gweud wrtho fe am hastu, 'fyd.
Falle 'i fod e wedi gofyn, 'Pam? I ble?'
Dangos syndod, siom – sa i'n siŵr.
Ma'r cof yn pallu withe, medden nhw.
Yn switsho bant yn llwyr, i gadw dyn yn gall.

Ond wy'n cofio gafel yndo fe
y chessboard yn moelyd
y darne'n tasgu ar lawr
y crwtyn Birkenshaw yn gweiddi
'*Let 'im be, you bully!*'
a finne'n ateb, '*Shut up, you!*'

Cofio llusgo Dewi ar draws yr iard
a gweiddi, 'Paid â ffycin dadle!'
a fynte'n llefen, 'Isio gorffan gêm!'

Cofio troi 'mhen am eiliad
a gweld y crwtyn Birkenshaw
yn dachre codi'r darne . . .

Cofio'r cico a'r sgrechen
lan Allt Wern
miwn i ddreif Eryl Môr
at y drws . . .

Cofio'r glatshen galed ar 'i din
y crychu talcen
y dagre'n cronni
a'r jengyd lan y stâr i'r atic.

Sawl tot fach 'to o wisgi?
Sa i'n cofio.

Ond wy'n cofio gwrando
mentro lan y staere
agor drws yr atic
a'i weld e'n cwato yn y cornel
fel ci ar ôl ca'l crasfa.

'Dewi,' mynte fi . . .

Sa i isie cofio rhagor.

Dewi

pentra del 'di Llan
fatha Cwm Rhyd y Rhosyn
ond 'tydi'r plant ddim yn canu drw'r dydd
mi fasa hynny'n stiwpid

dwi'n eu clywad nhw
pan dwi adra o Gorlan
mynd am dro i'r pentra
dyna ydw i'n neud
a gwrando wrth giât rysgol

licio gwrando canu
pan o'n i'n hogyn bach
y caneuon a'r emyna
    'Ble cafodd y ddafad ei chôt mor hardd?'
    'Pwy sy'n dŵad dros y bryn?'
    'Pwy wnaeth y sêr uwchben?'
atab y cwestiyna'n hawdd
    annwyl annwyl Iesu
    Siôn Corn
    Yr Arglwydd Dduw

licio atab cwestiyna
'Clyfar yntê! A styriad . . .'
'Sh! Dim rhy uchal; mae ei glyw o'n iawn!'
'Bechod drosto, druan . . .'
'Ond Dewi bach 'di Dewi bach.'

gorfod smalio
'mod i'n licio clywad petha

'Sbïwch hogyn mowr! Yn mynd ar negas a dod adra ar 'i
    ben 'i hun!'
'Hogyn clyfar, wedi byta'i fwyd i gyd!'
'Mint Imperial i ti, yli, am fod yn hogyn da.'

brathu'r llaw
dyna dwi isio neud
sy'n cynnig fferins
sy'n patio 'mhen i
drw'r croen a'r cnawd
reit at yr asgwrn

smalio peidio'u clywad nhw
y Petha Brifo Mawr
er bod 'y nghlyw i'n iawn
'Wally'
'Smeli Dewi'
'Dewi Drewi'

'Chi 'di'r Wallies smeli-drewi!'
dyna be dwi'n weiddi
ond rhy hwyr
bob amsar
lot rhy hwyr

rhedag ffwrdd i guddio
dyna maen nhw'n neud
gan eu bod nhw f'ofn i
drwy eu tina bach
ac allan

'You wouldn't like me when I'm angry.'
Hulk sy'n deud
cyn troi'n wyrdd
a hyll
ac anfarth

ac mae arna i ofn
drw' 'nhin ac allan

llonydd
dyna ydw i isio
i neud fy mhetha'n hun
yn fy ffordd fy hun
darllan llyfra
cofio petha
dysgu petha
rhestru petha
    caneuon
    casetia
    fideos
    ffilmia
    Kings and Queens of England
    monstars
    unrhyw beth
    pob dim

synnu pobol stiwpid
drwy eu tina stiwpid
synnu fi fy hun
a rhegi yn fy mhen
rhegi'n uchal

wrth giât Ysgol Llan
pan dwi'n mynd am dro
gwrando ar y plant yn canu
ac yn mynd drw'u petha

cofio petha
taflu llaeth ar lawr
araith front
rhwygo sêr
cweir

ddim yn trio bod yn hogyn drwg
'Tria fod yn hogyn da!'

da a drwg
drwg a da
trio trio
crio
cweir
a chrio eto

clywad petha yn fy mhen
   Miss Lloyd-Williams
      'Ffor-shêm, yr hogyn drwg!'
   Mistar Jones
     'Mul sy'n cicio, yli!'
   Miss Lloyd-Williams
     'Rhaid cuddio goriad Dosbarth Bach!'
   Mistar Jones
     'Tyd lawr o ben y bwrdd 'na!'

Miss Lloyd-Williams
    'Mi sgwria i dy geg â dŵr-a-halan!'
Miss Joyce Evans
    'Tyd i eistedd yma'n dawal efo mi.'
Miss Lloyd-Williams
    'Sbia ar gloc y tywydd wedi malu!'
Mistar Jones
    'Dewi! Rhybudd ola – reit!'

    'Sori, Mistar Jones, Miss Lloyd-Williams, sori fawr,
       Miss Evans.'
    'Mae hi'n rhy hwyr i fod yn sori, Dewi!'

a neb yn gwbod
sut o'n i'n brifo
sut dwi'n dal i frifo

neb ond Siriol
a ddeudith hi ddim byd
wrth neb

mae hi wedi gaddo

Siriol

Dwi'n medru côpio efo'r galw enwa a'r stumia yn 'y nghefn.
A'r jôcs am Siriol Llygid Sosar a'r sbectols-potia-jam. A dwi'n
medru côpio – dim ond jest – efo petha gwaeth o lawar fatha
'Chwaer Billy Bunter mewn cadar olwyn'. Ond gweld Mam a
Dad yn diodda – mae hynny'n anodd iawn. A dyna be mae

pobol greulon yn ei neud: eu hypsetio hyd at ddagra. Dwi'n eu gweld nhw'u dau ar fainc y patio, yn dal dwylo. Ac yn crio. A thydi hynny ddim yn iawn – gweld eich tad a'ch mam yn crio.

Mae 'na rwbath arall, hefyd. Gwbod mai fi 'di'r broblam. Mai arna i mae'r bai. A dwi ddim isio bod yn broblam nac isio i neb feddwl 'mod i'n broblam na deud wrth neb arall 'mod i'n broblam. A thydi Dad a Mam 'rioed 'di deud hynny. Na'i feddwl o, am wn i. 'Dim problam!' Dyna ddeudith Dad am bob dim.

Pobol erill ydi'r broblam. Dyna be dwi'n trio'i gredu. Ac yn methu'n lân.

Achos fi 'di'r broblam, a dyna ddiwadd arni. Problam fawr a thrwm a hyll a thrwsgl sy'n methu cerddad ac yn gorfod gwisgo sbectols trwchus.

Dwi'n broblam fydd yn bod am byth tra bydda i.

Ac mae hynny'n ddychryn mawr.

Dewi
peintio llunia dychryn
licio hynny
anifeiliaid
monstars

ysglyfaethus
gair da 'di hwnnw
wedi'i ddarllan o
sawl gwaith
a'i ddeud o'n aml

rhag anghofio
licio'i sŵn o
ysg-lyf-aeth-us
fatha llew'n glafoerio
a fynta wrthi'n llarpio
gair da arall
odli hefyd
antelop neu sebra

monstars ysglyfaethus
llarpio pobol
dyna maen nhw'n neud
'mond cael hannar siawns
monstars mawr y moroedd dwfn
llarpio llonga
wedi gweld y llunia
darllan lot o straeon

llunia llonga o bob math
licio'r rheini
   leinars
      cario pobol ar eu gwylia
      i ben draw'r byd
   llonga hwylio
      mastia uchel
      'stalwm-maith-yn-ôl
   llonga môr-ladron
      cistia trysor
      plancia peryg

llonga rhyfal
   gynna mawr
   yn pwyntio at y gelyn
      Belgrano
      Sir Galahad
    ar newyddion
    milwyr
    morwyr
    wrthi'n boddi yn y tân
sybmarîns
   chwilio am y gelyn
   saethu ato
llonga-cario-loris-ceir-a-fania-a-charafania
llonga-cario-nwydda
   glo
   haearn
   coed a ffrwytha
   bananas
   hwylio o Sowth Wêls
   rhwng Barry Dock a Jamaica
   neu Jamaica i Barry Dock
   dibynnu pa ffordd
   mynd neu ddŵad
   siwrna wag a siwrna lawn
   Fyffes
   dyna'u henwa nhw
   ddim yn meindio'u byta nhw
   'mond bob hyn-a-hyn
   efo tôst

hannar un yn ddigon
rhag stwffio a chyfogi
cychod bach a iots
motor-bôts
canŵs
esgimos ac indiaid cochion
haws o lawar llarpio'r rheini
llai o faint a foliwm
dannadd mawr y monstar
yn eu malu'n shitrwns
lawr y lôn goch â nhw
dyna ddywad Dai
stwffio ffisig a thabledi
lawr fy nghorn gwddw i
a Nyrs Lloyd
'Dyma ti dy ffisig-stopio-gwylltio hud'
dyna mae hi'n ddeud
'Da'r hogyn, Dewi'
neis 'di hi
'motsh gin i
peidio llyncu
dyna ydw i'n neud
mynd yn dawal fach
toiled hogia
cyfogi
chwydu
yn dawal fach
a neb yn gwbod
dim

unrhyw gwch
'motsh gin i
licio nhw i gyd
rhai ag enwa tlws

Carys Ann

Columba

Harbour Light

Isabella

Sea Maid

Seren Fôr

a hwylia lliwgar
sbio ar eu llunia
eu gweld yn Port
a Phortin-llaen
a'r Felinheli
a Phwllheli
odli
a Chei Caernarfon
mae'r holl longau ar y cei
licio honna
geiria miwsig
pan ddaw yr haf
mi hwyliwn y cychod
'O'n i'n nabod Wil Amêr, gw'-boi!'
Dai sy'n deud
tynnu 'nghoes i mae o
a dwi'n gadal iddo
'motsh gin i
fo 'di'r ffŵl nid fi

hwylio'r byd
dyna dwi am neud
pan dwi'n ddyn
yn medru gneud pob dim
fy hun

licio gneud fy rhai fy hun
cychod o bob lliw a llun
licio odli
papur a glud a chardbord
eu peintio'n ddel a lliwgar
a Chris yn helpu
'chydig bach
dim gormod
dim angan gormod
licio gneud fy hun
isio gneud fy hun!
gadwch imi!
isio gneud fy hun!

ddim isio gwylltio
'Pawb yn gwylltio weithia,' medda Misus Lewis
'Rhan o'r natur ddynol,'
dyna mae hi'n ddeud
'Amball un yn gwylltio'n fwy na'i gilydd,'
dyna ddywad Jo
a fi 'di'r 'amball un'

pawb yn trio helpu
finna'n trio helpu

i helpu pawb
i'n helpu i rhag gwylltio
i beidio gwylltio efo pawb
pawb sy'n tynnu arna i
fatha ffrindia Dai
'Dawi'
'Dewy'
'Smiler'
dyna maen nhw'n ddeud
'Smeiler' ydw i
neu 'Dewi Smeils'
dyna ydw i'n ddeud
a nhwtha'n chwerthin
a thynnu arna i
jôcs a thwrw gwirion
trio'u hatab 'nôl
dyna ydw i'n neud
methu meddwl
methu meddwl ddigon sydyn
methu deud dim byd
a nhwtha'n symud mlaen
sôn am rwbath arall
a 'ngadal i ar ôl
yn teimlo'n stiwpid
yn fy nghragan

'*Let's test him*!
   Kings and Queens of England
   James Bond films

Welsh pop groups
      Come on, Dewy! Can't be tha' many!'

'*Bloody stiupid fools!*'
dyna ydw i'n weiddi
a nhwtha wrth eu bodd
'*Fuckin Saxons!*'
pawb yn glana chwerthin
'*A pound if you can improve on tha'!*'
cicio a bytheirio
'*Temper, temper!*'
''*E's a little rebel, ain't 'e!*'
rhuthro fyny i ratic
cau'r drws a'i gloi
yn sownd a saff
fel cragan gonsh
ar draeth y Caribî

Captan Hook
Harri Morgan
licio'r rheini
Dai'n perthyn
fo sy'n deud
go brin
swashbyclars
cleddyfa
cerddad y planc
skull an' crossbones
patshys dros eu llygid
parots ar eu sgwydda

'*Pieces of eight*!'
dyna ydi Siriol
meddan nhw
fy mharot i
ond maen nhw'n rong
deud petha yn fy lle i
dyna mae hi'n neud
nid petha ar f'ôl i
'*Ay*! *Dewi lad*!'
Barti Ddu o Gasnewy' Bach
Bar-Bartholemiw

spîdbôts
licio'r rheini
James Bond
gwibio dros y tonna
bownsio
fflio
neb yn gallu'i ddal o
odli eto
a fynta'n dianc bob un tro
diflannu dros y gorwal
efo hogan ddel
a'i bronna'n bownsio
a nhwtha'n swsio

Pussy Galore
licio honna
mae Jo'n ddel
neb yn ddelach

heblaw Cadi
ond dim cweit
wynab del gin Siriol
ond am ei sbectols
potia jam 'di'r rheini

'tydi'r gorwal ddim yn bod
pawb yn gwbod hynny
ddim 'stalwm-maith-yn-ôl
syrthio
dyna o'n nhw'n feddwl
dros yr ochor
lawr y dibyn
ond lle wedyn?
lawr a lawr am byth
i Uffarn?
mae Dai'n deud uffern dân
a lot o betha gwaeth

leinars
licio'r rheini'n fwy na dim
hwylio'r moroedd mawr a dwfn
i ben draw'r byd
yr Atlantic a'r Pacific
licio'r enwa
odli
Môr Tawal
licio hwnnw hefyd
licio bod yn dawal
licio odli

rhestru geiria efo Cadi
 Cadi
 Dewi
 drewi
 drewgi
 dros ben llestri
 nes i Cadi weiddi
 dyna ddigon!
 gyrru pawb i'r ffreutur i gael te

isio mynd ar leinar
rhyw ddiwrnod
wir Dduw ac ar fy myw
Dai 'di addo
naddo
ar ei gyfar
yn ei gwrw
dwi 'di arfar
'Dewi! Misus Lewis Sŵn-yr-afon ar 'i ffordd! Punten i ti –
 cer i glirio'r sinc a hwfro!'
a finna'n gneud
yn gneud bob tro
ond byth yn cael y buntan

mynd ar fy mhen fy hun
wedi addo i mi fy hun
mae hynny'n bwysig
addo
i chi'ch hun
a gweld y byd i gyd yn grwn

llunia leinars
mae gin i lot
Lusitania
aeth hi lawr yn Rhyfal Mawr
Queen Elizabeth
Queen Mary
Titanic
eisbyrg ddaru sincio honno
Dai ddim yn licio rhew
nac eira
na gwynt a glaw
dim ond haul
ar ei hamoc
neu ar flancad ar y gwair
'Nefo'dd, Dewi bach!'
dyna fydd o'n ddeud
a rhoi twyrl i'w fwstásh
a sipian ei hen rym

Mistar Lewis Sŵn-yr-afon
yn torri'r gwair
tocio'r coed
a'r llwyni jyngl

gwylltio
dyna o'n i'n neud
pan o'n i'n hogyn bach
licio gardd fel jyngl
chwara Tarsan

dringo'r coed
adeiladu den
cuddio
neb yn gweld
na gwbod dim

rŵan 'motsh gin i
geith o docio
'mond gadal patshyn
i mi gael llonydd
licio llonydd
efo'n llyfra
neud fy llunia

llonydd
dan y dderwan fawr
'Da'r hogyn, Dewi bach!'
dyna ddywad Mistar Lewis
'Mwynha yng nghysgod derwan fawr fy hen-hen-daid.'
licio gwrando ar ei stori
Siriol hefyd
ond fi pia hi
nid hi

'Un dydd, 'stalwm-maith-yn-ôl, mi oedd hen ŵr yn cerddad
fyny'r Allt. Allt Wern oedd ei henw hi; dyna ydi'i henw hi
o hyd, am mai Wern oedd enw'r bwthyn, sy'n adfail erbyn
hyn.

'Mi oedd o'n cerddad ling-di-long, am ei fod o'n hen, ac am ei bod yn ddiwrnod braf a'r haul yn taro'n boeth ar draws ei wegil. Dim brys, dim pwrpas brysio. Dim ond cerddad ling-di-long i fyny'r Allt.

'Yn sydyn, mi sathrodd o ar fesan; neu ella bod y fesan wedi syrthio ar ei ben; neu ella bod 'na hogyn bach 'di gweiddi, "Hei! Dwi 'di ffindio mesan!" 'Dan ni ddim yn siŵr o'r ffeithia am nad oes neb yn cofio 'stalwm-maith-yn-ôl, 'mond cofio be oedd pobol erill yn ei gofio.

'Wel, mi blannodd yr hen ŵr y fesan, ac mi dyfodd ac mi dyfodd i fod yn sbrigyn derwan fach, ac yna'n glamp o dderwan stowt, ac mi benderfynodd John – dyna enw'i ŵyr, 'y nhaid – mi benderfynodd hwnnw blannu gwrychoedd rownd y dderwan a chreu cae.

'A dyma ni, 'rhen hogyn, ti a fi, yn sefyll yn Cae Derwan, be oedd Cae Derwan, cyn i bobl ddiarth – dy hen-daid ditha – ddŵad yma, ac adeiladu Eryl Môr, a chreu gardd o lwyni a phlanhigion oedd o wedi dŵad efo fo o ben draw'r byd. Ond mi gafodd yr hen dderwan lonydd, diolch byth.

'Ac mae 'na gred – hen chwedl 'sti – y bydd hi yma byth, gan fod ei gwreiddia'n ddwfn, mor ddwfn, nad oes modd eu tyrchu o 'na.

'A gwranda di ar hyn: yn ôl y chwedl, tasa hi'n syrthio, neu tasa rhywun yn ei llorio, mi âi ag Eryl Môr i'w chanlyn, ac mi fasa'r tŷ a phawb a phob dim ynddo'n chwalu'n shitrwns.

'Ond paid â phoeni, Dewi bach, fel deudis i, chwedl ydi hi.
Hen ofergoel gwlad.'

tydw i ddim
'motsh gin i
am Eryl Môr
na dim

fydda i ddim yma
ddim yn hir
ei heglu o 'ma
dyna dwi am neud
cyn iddi syrthio
neu gael ei llorio
os byw ac iach

cofio petha
air am air
yn fy mhen
dyna ydw i'n neud
mae hynny'n bwysig

yn yr albym glas
yn ratic
dyna lle mae'r ffoto
fi o dan y dderwan
Siriol wedi gwrthod
efo'n ffotos pwysig
        y Ddôl

y rhyd
Sŵn-yr-afon
Gorlan
tripia Gorlan
Steddfod
    fi a phobol enwog
        Dafydd Iwan
        Caleb
        Edward Pethna
        Gwynfor Evans
        Max Boyce
        Tony heb Aloma

Mistar Lewis
fo dynnodd ffoto'r dderwan
ar ddresal Sŵn-yr-afon
fan'no roedd o
efo'r llun o Siriol
    yn ei pharti
    Alice band
    cacan hufan siâp naw
    shel-siwt pinc
    a finna mewn crys gwyn
    gwallt Brylcreem
    tei-bow
        rhy fawr
        wedi'i fenthyg gin Dai
a'r llun priodas
    Mistar a Misus Lewis

bloda
hetia gwirion
cynffon llwynog
a llun Gerddi Bodnant
Misus-Price-Nain-Siriol
yn sbio'n drist
ddim yn gwbod pam
dyna oedd hi'n neud
sbio'n drist bob amsar
sychu'i dagra yn ei ffedog
a ddim yn gwbod pam

dwyn ffoto parti Siriol
fi a Siriol efo'n gilydd
dyna ddaru mi
ei roi o yn fy nyffl-bag
ddim yn gwbod pam
ei guddio fo yn ratic
ddim yn gwbod pam

Misus Lewis
wedi 'ngweld i
ond deud dim
nac am y rhosod chwaith

Tarsan ydw i
yn ffoto'r dderwan
trôns bach gwyrdd
'mond fi
nid fi a Siriol

'Dwyn perswâd ar Siriol, i ddŵad atat ti o dan y dderwan. A chael tynnu'ch llun chi'ch dau. Dyna fasa'n braf.'

Mistar Lewis
fo sy'n deud
deud hynny'n regiwlar
'motsh pa mor regiwlar
ddaw hi ddim
ddim isio

Mistar Fflowar

Cadw proffeil isel. O hir brofiad, 'na beth yw'r gyfrinach. Pido'ch hwpo'ch hunan ar y plant – na'r staff. Pido mynd yn rhy infolfd 'da'r naill na'r llall – fel o'n i'n arfer ei neud.

Cofiwch, d dim byd yn hawdd yn yr hen fyd 'ma. Fe geith dyn ei dynnu'n amal: rhwng bod yn athro – yn brifathro yn f'achos i – a bod yn gefen ac yn ffrind i'r plant. A Duw a ŵyr, mae angen ffrind ar un neu ddou yn Ysgol Gorlan. Fe welwch chi rai achosion go anffodus – ar ben eu hanawstere dysgu, druen bach, mae'r sefyllfa gatre'n enbyd. A dim sôn am Dewi Miles odw i nawr. Fuodd pethe fan'no 'rio'd yn 'enbyd'. A gwella mae'r sefyllfa, medden nhw, a'r hipi wedi dechre sobri. Diolch i Dduw – a Dewi.

Ond yn gyffredinol, ein dyletswydd ni fel staff, fel mewn unrhyw ysgol arall, yw bod yn gefen. A beth sy'n odli gyda 'cefen'? (Hoff wers y plant.) 'Ie – da iawn – trefen!'

Mae'n bwysig bod yn gefen; mae'n hollbwysig cadw trefen. A chael cydbwysedd rhwng y ddou.

A fan hyn y bydd Jo'n ei cholli hi. Mae'r plant yn dwlu arni, odyn. Ond mae hi'n lot rhy sofft, yn enwedig gydag ambell rebel bach fel Dewi. Cywiriad: dim ond gyda Dewi. Ac mae gofyn ei hatgoffa, ambell waith, o'r hanner cant namyn un disgybl arall yn Ysgol Gorlan – bod fforti-nein pŵr dabs yn haeddu'i sylw lawn cymaint â'r hen Smeiler.

Trio cadw pethe'n ysgafn odw i, wrth gwrs. Fel gwedes i, pido'n hwpo'n hunan a'n syniade arni.

Gwenu fydd Jo. Gwên y Mona Lisa. A so dyn yn gallu mynd i waelod ei dirgelwch. Ond hen gariad fach yw hi. A chaffaeliad mowr. Hi a'i syniade gwych – fel yr un diweddara, uchelgeisiol tost: cynhyrchu drama fydd yn cynnwys pob un plentyn.

Fe fydd e'n lot o waith. Bydd gofyn lot o egni. Ond fe ffindes i'n hunan yn cytuno – mae Jo'n meddu ar ddawn perswâd; mae hi'n gallu swyno dyn â'i brwdfrydedd heintus.

Cywiriad: mae Jo Mackenzie'n gallu swyno dyn.

Atalnod llawn.

Siriol

Ni a Nhw! Dyna deitl drama Jo. A dwi mor ecseited, achos 'dan ni wedi cychwyn arni heddiw! Yr 'ymarfar' cynta un – ond mi fydd 'na sawl un, medda hi, o hyn tan 'y perfformiad'.

Wel, nid 'ymarfar' go-iawn oedd o, ond cael pawb at ei gilydd er mwyn i Jo egluro'r drefn – sut ddrama ydi hi, pryd a sut a ble fydd petha'n digwydd. Ar y llwyfan yn y neuadd fydd 'y perfformiad', ond bydd angan lot o 'ymarfar' a pharatoi a threfnu cyn y noson fawr, a than hynny, yn y Lolfa Las a'r ffreutur y byddwn ni'n cyfarfod.

Drama am 'Ysgol Dderwan' ydi hi, sy'n debyg iawn i

Gorlan. Mae 'na gnafon drwg am ei chau; dim pres gin cownsil, meddan nhw, ond isio adeiladu siopa maen nhw. Ac mae'r plant i gyd a'r staff – sef 'Ni' – yn penderfynu mynd ar streic, a phrotestio, a'u herio 'Nhw' – sef y cnafon drwg. Mi gawn ni lot o sbort: canu a dawnsio a chwifio placards – darna mawr o gardbord efo sgwennu arnyn nhw, fatha'r rhai 'Sianel Gymraeg Nawr!' yn Steddfod 'stalwm. 'Dim Cau Ysgol Dderwan!' a 'Dderwan am Byth!' fydd arnyn nhw. 'Ni' fydd yn ennill, ac mi fyddan 'Nhw' yn mynd i ffwrdd am byth.

Jo ddaru egluro hyn i gyd. Ond ar ôl iddi fynd drw'i phetha, mi oedd Mistar Blodyn 'isio gair'. Mi sbiodd hi ar Tom a Cadi wrth iddo glirio'i lwnc yn bwysig. Ond y cyfan ddaru o oedd diolch iddi am ei 'syniad da' a sôn am 'y fenter fawr' ac am 'fraint a chyfrifoldeb' a rhyw betha boring fel'na.

'A nawr,' medda fo, pan oedd pawb 'di syrffedu, 'drosodd eto i ddwylo medrus Jo,' a mynd i eistedd yn y cefn. A be ddaru hi? Neidio ar ben bwrdd a chodi'i dwrn i'r awyr a gweiddi, 'Wel? 'Dach chi efo "Ni" – neu "Nhw"?'

'Ni!' medda llond y Lolfa Las. 'Da iawn! I'r Gad!' medda hi, a phawb yn gweiddi 'Hwrê!' a churo'u dwylo a stampio'u traed. Pawb ond amball un nad oedd wedi dallt y cwestiwn heb sôn am ddallt y dalltings ynglŷn â'r ddrama. A Mistar Blodyn, oedd yn sbio'n od ar Jo. A Dewi, oedd â'i ben mewn llyfr yn smalio peidio cymyd sylw. Ond mi oedd o'n glustia i gyd.

Mistar Fflowar

Pep-talk bendigedig, 'na beth o'dd hi. Wel, *call to arms*, a gweud y gwir. A dim ond Jo alle neud shwt beth. Ysbrydoli – 'na'i dawn fowr hi. Ac o'dd hi'n amlwg bod y plant yn mwynhau'r cyffro.

Sy'n dod â fi at ddau beth sy'n peri ychydig bach o anesmwythyd – gair da yw *niggle* – ynglŷn â'r prosiect enfawr 'ma.

Yn gynta, natur wleidyddol, braidd, y stori. Falle mod i'n gorymateb, ond mae profiad oes o orfod pleso pileri'r gymdeithas a phobol o bob lliw gwleidyddol wedi 'ngneud i'n ddyn hynod wyliadwrus.

Yn ail, natur uchelgeisiol y cynhyrchiad. Hynny yw, odyn ni wir yn sylweddoli'r gwaith aruthrol sy o'n bla'n, er mwyn creu cynhyrchiad fydd o safon uchel, nid rhyw bantomeim o beth?

Fe ges i air â'r staff – gyda'i gilydd a fesul un – er mwyn profi'r dŵr a chlirio'r aer. Ond do'dd dim angen i fi fecso; yr argraff ges i o'dd bod gyda Jo gefnogeth gant y cant. Hir y parhaed, 'na'r cwbwl weda i wrth groesi 'mysedd yn dawel fach.

Siriol

Dwi 'di cyffroi'n lân erbyn hyn – cyffroi braf, nid hen gyffroi annifyr troi a throsi.

Ond dwi'n poeni ella nad oes neb ond fi 'di dallt cweit mor galad fydd y gwaith, er bod Jo 'di egluro'n fanwl. A dyna be dwi'n neud: trio cofio pob dim ddeudodd hi.

Mi fydd 'na 'sgript' – sef y stori. Jo sy wrthi'n ysgrifennu honno ac yn trefnu pawb, a Tom a Chris a Cadi'n helpu. Mistar Blodyn, hefyd, debyg iawn. Ond Jo fydd y bòs. (Fo'i hun ddeudodd hynny, a thrio'i ora i chwerthin. Ond mi oedd ei geg o'n twitshio.)

Mi fydd 'na 'gymeriada' – sef y bobol yn y stori. A ni'n hunain fydd yn eu hactio nhw, os ydw i 'di dallt yn iawn. Er enghraifft, fi fydd yn actio 'Siriol', a phawb arall yn actio'i hun 'run fath.

Mae'n siŵr mai'r hen Flodyn fydd 'Mistar Fflowar' – er y medra Dewi'i actio fo i'r dim. Heb ddeud fawr o eiria, debyg iawn. Ac er ei fod o'n smalio peidio cymyd dim diddordab, mi fydd o'n siŵr o fod yn geffyl blaen.

Mi fydd rhai ohonan ni'n gorfod gweithio'n galetach na phawb arall er mwyn 'dysgu geiria ar ein cof'. Dyna ddeudodd Jo. Fydd gin i ddim problam, os bydd petha mewn print bras; mi fedra i ddysgu geiria Dewi, hefyd, a'u deud nhw drosto fo. Ond dwi ddim mor siŵr am rai o'r lleill yn Gorlan, sy'n methu cofio'u henwa na dim byd.

Fasa neb yn medru actio Jo ond hi ei hun. Ei chwerthin hi. A'i llygid. A'i dwylo a'i thraed. Dawnsio – dyna maen nhw'n neud i gyd. Fel tylwyth teg.

Dwi'n dal i ddeud bod rhwbath rhyfadd wedi digwydd pan oedd hi'n mynd drw'i phetha.

Ddaru'r Blodyn ddim stopio sbio arni unwaith.

'Mond unwaith ddaru hi sbio arno fo.

A sbio gwahanol iawn oedd hwnnw.

Crîpi.

Dewi
ddim isio cymyd rhan
deud wrth Jo
dyna ddaru fi
ddim isio
    actio
    canu
    dawnsio
    deud llinella
    gneud hen dwrw gwirion

'Beth am beintio props?'
dyna ddeudodd hi
'Props 'di petha fydd i'w gweld ar 'llwyfan.'
'Gwbod hynny,' medda fi
'Wel, beth amdani? Ti a Chris yn Stafall Gelf. Fedrwn ni
    ddim cael neb gwell.'

'Ddim-isio-wir-ddim-isio!'
dyna ddeudis i
'Pam, Dewi?'
meddwl ella
ddim yn siŵr
ei bod hi'n crio
neu bron iawn
'Dwi'n siomedig. Wedi bancio ar dy help.'

ddim isio gneud ffyc-ôl
ddeudis i mo hynny

gneud fy mhetha i
dyna ydw i isio
petha neis a hawdd a saff

'Kings and Queens of England'
y wers ola heddiw
'Complete List' ar y wal
gorffan efo Queen Elizabeth
wrth gwrs

'Dewi, darllen honna mas,'
dyna ddeudodd Mistar Fflowar
'Ddim isio' medda fi
'Pam?' medda fo
dim angan
ddeudis i mo hynny
dim angan 'darllen mas'
medru'i deud hi
yn fy mhen
dim ond yn fy mhen

tŵ lêt

'Siriol, darllen di hi.'
dyna ddeudodd o

sbio arna i
dyna ddaru hi
a finna arni hitha

gweld ei llygid
dim ond jest
fatha cnau
neu fwyar
tu ôl i'w sbectol

'Na! Ddim isio iddi!
Ddim yn cael!'

'Siriol? Wyt ti isie'i darllen hi?'
dyna ddeudodd o

'Nac'di!'
dyna waeddis i
'Fy rhestr i!
Fi pia hi!'

'Beth am hon, 'te? Yn y llyfr 'ma?'

My Book of Rhyming Lists
gynno fo yn ei law

'Dewi? Siriol? P'un ohonoch chi?'
sbio arna i
bob yn ail â Siriol
dyna oedd o'n neud

sbio arna i eto
dyna ddaru Siriol

a finna isio deud
'Rhestr wirion ydi honna!
Ddim yn rhestr iawn!
A Siriol ddim yn medru!
Ddim yn medru gweld!'

tŵ lêt

gafal yn y llyfr
dyna ddaru hi
sbio arna i
codi'r llyfr
reit at ei llygid

'*Willy . . . Willy . . . Harry . . . Steve,*
Harry . . . Dick . . . John . . . Henry Three;'

'Paid, Siriol!'

'*One . . . two . . . three Neds . . . Richard Two,*
Harrys Four, Five, Six – then who?'

'Rhestr wirion, Siriol!
Siriol wirion!
Paid!'

'*Edward Four, Five . . . Dick the Bad,*
Harrys . . . (Twain) . . . and Ned the Lad;
Mary, Bessie . . . James the Vain,
Charlie, Charlie . . . James again;'

'Siriol, cau dy ffycin geg!'

sbio arnon ni
hi a fi
dyna ddaru pawb

'Paid cynhyrfu, Dewi.'
dyna ddeudodd Mistar Fflowar
'A dyna ddigon, Siriol.'

'Isio gorffan!' medda hi

'William an' Mary . . . Anne Gloria,
Four Georges . . . William Four, Victoria;'

'Dyna ddigon!' medda fo

'Edward Seven is next and then
George the Fifth in nineteen-ten
Edward Eighth soon abdicated,
George the Sixth was coronated;'

pwysig peidio crio
dechra crio
dyna ddaru mi
cychwyn am y drws
a Jo'n cyrradd
cyrradd o rwla
fel'na mae hi
Jo
dŵad o 'nunlla
Jo

'Beth sy'n digwydd?' medda hi

'*After which Elizabeth – and that's the end until her death.*'

cau'r llyfr
dyna ddaru Siriol

'Sori, Dewi.'
dyna ddeudodd hi
tŵ lêt

Siriol
O'n i'n wir yn sori. Am fod mor wirion. Ac mor gas. Ond o'n
i wedi gwylltio. Nid am 'The Kings and Queens of England'.
Rhwbath arall.

Jo oedd wedi gofyn i mi. Isio i mi ddeud y stori. Stori'r
dderwan. Yn y ddrama. Wel, ei darllan hi. Tasa Dad yn ei
sgwennu'n fawr imi. O'n i wedi sôn amdani. A Jo wedi'i licio
hi. Licio bo' Dad wedi'i deud hi wrtha i ers o'n i'n hogan bach.

'Ond fi pia hi.' Dyna ddeudodd Dewi. Ond 'tydi hynny
ddim yn wir. Fo pia'r dderwan, ella. Fo a Dai. Mae hi'n
digwydd tyfu yn eu gardd nhw. A dwi'n gwbod bod y stori
yn ei ben. Ond Dad pia hi. Dad a finna. A gin i mae'r hawl
i'w deud hi.

Ac eniwê, mae pawb yn gwbod rhwbath pwysig. Fi a Jo a
Mistar Blodyn; Dad a Mam a Tom-a-Chris-a-Cadi; pawb yn
Gorlan a phentra Llan.

Fedar Dewi ddim ei deud hi.
Fedar o ddeud fawr ddim.
Dim ond yn ei ben.

Mae o'n gwbod hynny, hefyd.
Dyna'r '*bottom line*'.

Mi oedd bai ar Mistar Fflowar.
Dyna ddeudodd Jo.
Am y busnas 'Kings an' Queens'.
Mi glywis i hi'n deud wrth Cadi.
Cyn stormio allan.
A bangio drws y ffrynt.

Dewi
pawb yn brysur
fatha gwenyn
ddim yn licio hynny
byzian ffysian swnian
llusgo byrdda a chadeiria
dringo ar eu penna
odli gwirion
actio canu dawnsio
'Tyd 'laen, Dewi!'
'Cwyd o 'na, Dewi!'
'Symud! Brysia! Dos!'

tawal
petha'n dawal
dyna ydw i isio
tawal a hamddenol

licio hynny
dim hen dwrw gwirion
mynd-a-dŵad gwirion
rhuthro gwirion
ddim yn licio hynny
dros ben llestri
blêr

llonydd
isio llonydd

Stafall Gelf
Chris a fi
neb arall
gneud cartŵns
licio hynny
  Batman
  Cai Jones
  Hulk
  Jedi
  Roy of the Rovers
  Space Invaders
  Spiderman
  Star Wars
  Superman

copïo
dyna ydw i'n neud
o'r comics sgin i
'cant a mil'

Dai sy'n deud
ond sgynna i ddim
a mil a chant sy'n gywir
neu un cant ar ddeg
dim pwynt egluro

cael pob dim yn iawn
yn berffaith iawn
pob manylyn
Chris sy'n deud
    cega
    dillad
    gwalltia
    gwyneba
    llygid

y straeon hefyd
    Batman wins the day
    Hulk helps out
    Cai y Captan Clên
        yn ffeind wrth blant
        mynd â nhw am dripia
            Cae Ras
            Farrar Road
            Wembley
        rhai sy'n methu cerddad
        methu siarad
        methu gneud dim byd
        ond eistadd
        gwrando

nodio'u penna
sbio'n wirion
stiwpid
gyrru'r bws ei hun
dyna ddaru o
talu am y pizzas
a'r trip i gwrdd â Pele
i Rio de Janeiro
cario plant ar ei gefn
i ben y Sugar Loaf
Cai a'r Crwydriaid
curo'r Champions' League
codi'r cwpan aur
copïo hwnnw hefyd
dyna ddaru mi
cwpan rUrdd
cwpwrdd gwydr Gorlan
arian ydi o go-iawn
band taro 'stalwm
'Da iawn chi!'
ddim yn licio
twrw mawr
taro taro taro
crio

gneud gwyneba gwirion
licio hynny
ond fiw i neb eu gweld
pobol ddim yn licio

''Tydi'r rheina ddim yn ddoniol!
Dyna'r *bottom line*!'
Chris yn chwerthin
Jo a Tom a Cadi
Siriol weithia
arfar gneud
ond 'dan ni wedi ffraeo

'Kings and Queens of England'
arfar licio'r rheini
cyn ffraeo efo Siriol
licio'u peintio nhw
 Caniwt ar ei orsadd
 trio atal llanw'r môr
 dan ei goron gam
 tonna fatha monstars
 isio'i larpio'n fyw
 'llawn dychymyg'
 dyna ddeudodd Chris

 Bayeux Tapestry
 copïo hwnnw
 darna bach ar y tro
 fasa fo'n rhy fawr
 o lyfr Mistar Fflowar
 cael ei fenthyg
 addo'i gadw'n saff
 yn y Stafall Gelf
 neb ond fi
 fi pia fo

dros dro
neb arall
fi sy'n licio petha felly
'tydi Siriol ddim
dyna ddaru 'ngwylltio i
hitha'n trio 'ngwylltio i
finna'n trio peidio crio
hitha hefyd
'Sori, Dewi'
dyna ddeudodd hi
tŵ lêt
a dwi ofn
ei cholli hi

mynd i'w weld go-iawn
dyna fasa'n braf
i Normandy yn Ffrainc
'Gewn ni weld.'
dyna ddeudodd Dai
a Mistar Fflowar
pawb
ac anghofio
pawb ond fi

mynd ar long
dyna dwi isio'i neud
heb fod ar un erioed
'mond cwch ar Marine Lake
ddim isio cofio hynny
canŵ ar Lyn Tegid

na hynny chwaith
ofn boddi
ddim isio boddi

'Pan o'n i'n hwylio'r moroedd mowr!'
dyna ddywad Dai
'Profiade codi gwallt dy ben di!'
smalio
twyllo
'motsh am hynny
licio straeon difyr
fatha straeon Wil Amêr

licio straeon Dai
licio Dai
weithia

'The Princes in the Tower'
ddim yn licio honna
   hogia bach
   gafal yn ei gilydd
   dychryn yn ofnadwy
   sbio ar y drws
   clo mawr
   dim goriad

   hogia fatha fi
   wedi'u cloi mewn cell
   methu dianc
   methu gneud dim byd
   ond mynd yn wallgo

mynd i Dŵr Llundan
dyna dwi am neud
lle-torri-penna-pobol
fatha Ann Boleyn
ei phen yn bownsio
rhwng y cigfrain
pigo'i llygid hi
dyna ddaru nhw
Henry the Eighth
chwerthin ddaru o
a'i fol o'n siglo

Pont Llundan
licio peintio honno
pen Llywelyn ar bicall
gwaed yn dŵad o'i lygid
fatha dagra coch
yn y drôr gin Chris

fy nghloi yn ratic
dyna ddaru Dai
'mond unwaith
pan o'n i'n hogyn bach
pan o'n i'n hogyn drwg
'Jawl, sa i'n gwbod beth i neud! Pam na helpith rhywun fi?'
crio
dyna oedd o'n neud
ei glywad o
yn ei stiwdio
finna'n crio'n ratic

cicio'r drws
trio'i falu o
methu
myllio

cuddio yn ratic
licio hynny
cuddio petha
neb yn gweld
na busnesu
hen focs clo
goriad hefyd
dan y gwely rebal
rhag i bobol ddigio
dwrdio
ddim yn licio hynny

llonydd ratic
licio hwnnw
darllan
sbio
    telefision
    fideos
    cartŵns
gwrando
    casetia
    radio
    recordia

licio'r hen fashîn

'Gwd mashîn bach, hwnna'

mae o hefyd

'Teirpunt dales i, gw'-boi! Yn neintin-sicsti-tŵ, i Marianne
    Faithfull, druan fach, a hithe'n despret isie prynu drygs.'

Dai a'i frolio

llefydd mae o wedi bod

petha da a dewr a phwysig

mae o wedi neud

pobol enwog

mae o wedi nabod

'Pan o'n i'n grwtyn drwg yn Llunden, pan o'dd y sêr i gyd
    yn neb.'

Dai a'i glwydda

'Gwd bois, George a Ringo, neisach lot na Lennon a
    McCartney. Ond Jagger o'dd y cobyn penna.'

rhoi twyrl i'w fwstásh

wincio

fflicio'i sigâr ffansi

Beatles

Buddy Holly

Elvis Presley

Johnny Cash

licio'r rheini

a Jim Reeves

  '*I love you because you understand, dear.*'

  Dai'n canu hefo fo

  crio

  weithia

ddim yn meindio
 Côr Godre'r Aran
 David Lloyd
 Elwyn Jones
  'Rhowch f'enw i lawr'
 Fats Domino
 Jac a Wil
  'O dwêd wrth Mam'
 Lonnie Donegan
  '*My old man's a dustman*'
 Louis Armstrong
 Muddy Waters
 Richie Thomas
  'I achub Hen Rebel fel fi'
   'Gw'-boi, Richie, o'dd e'n parchu'i fam.'

eu parchu nhw
dyna ydw i'n neud
yn wahanol iddo fo
eu crafu nhw
dyna mae o'n neud
eu gadal ar sil ffenast
gosod petha ar eu penna
 mygia te
 gwydra rym a wisgi
methu diodda
cadach meddal
un arbennig
yn fy nrôr yn ratic

sychu'r marcia a'r crafiada
dewis y cloria iawn
trefn yr wyddor
yn y cwpwrdd
a chau'r drws

'*I love you because you're you*'
licio honna
rhywun sy'n licio
rhywun arall
caru rhywun arall
am mai fo ydi o
neu hi
neb arall

Siriol
licio Siriol
caru Siriol
ofn ei cholli hi

licio canu
yn fy mhen
ar fy mhen fy hun
yn ratic
byth yn Gorlan
'Practis canu, blantos!'
'Practis drama, blantos!'
pawb yn gorfod canu
pawb ond fi

'Cyfri fy mendithion'
Dai'n licio honna
finna hefyd
pan o'n i'n hogyn bach
fi a Siriol yn rysgol Sul
Misus Lewis ar y piano
cadw llygad barcud
'Rhag ofn, a rhaid bihafio yn Nhŷ Dduw!'
yn festri 'dan ni
ond dim otsh
parch 'di parch
bihafio 'di bihafio
'rhag ofn' be?
barcud?
petha peryg
crafanga mawr
gwasgu llygod bach yn shitrwns
sbecian drw'r ffenestri uchal
llwch yn hofran
a hen hogla haul

hogla haul
ar dywod Llanddwyn
'Lle ma' Dewi?'
'Wedi mynd i guddio yn y twyni.'
'Yr hen hogyn gwirion!'

tywod sych yn cosi
codi sychad

'Peidiwch poeni, mi ddaw o yn 'i ôl.'

brwyn yn crafu
tonna'n chwythu
'Sbïwch ar y llanw'n troi!'

gwynt yn gwlychu

'Lle wyt ti, Dewi?'

dŵr
at benna-glinia
clunia
lleisia ar y gwynt

sŵn afon Frwyn ar ddiwrnod storm
sŵn trên ar stesion Bangor
dŵr yn rhuthro
finna'n syrthio
trio nofio
suddo
ofn

'Dal sownd, Dewi!'

cario Dewi bach i'r lan
dyna ddaru Tom

cyfri eu bendithion
dyna ddaru pawb
fesul un ac un
bob cam 'nôl i'r minibus
a chyfri pob un cam

a ffenestri'r festri
chwe ffenast
chwe phaen yr un
dau wedi cracio
a'r haul yn dwrdio
a'i ogla sych o'n brifo
a Dewi bach yn crio
gwylltio
strancio
myllio

'Dewi! Paid â gneud hen betha gwirion fel'na!'
'Paid â deud hen betha ffiaidd fel'na!'

gadwch lonydd i mi
dwi 'di colli Siriol

Siriol
Dwi'n methu'n lân â chysgu. Er 'mod i fel cadach llestri.
Wedi bod drw'r ringar, chadal Mam.

Mi fasa hi'n flin fel tincar tasa hi'n gwbod. 'Be haru ti'r
hogyn gwirion? Yn ypsetio Siriol?' Dyna fasa hi'n ddeud. A
mi fasa'r cnaf yn gwenu arni a deud, 'Sori, Misus Lewis,' ac
mi fasa hitha'n rhoi pregath iddo fo am 'bwysigrwydd styriad
pobol erill, yn enwedig Siriol ni'.

Dwi isio Mam. Rŵan. Yn fy magu i. Fel hogan bach.

'Mi gei di 'i ffônio hi yn bora,' medda Cadi. 'Poeni fasa hi
gefn nos fel hyn, yntê?'

Un ddigon neis 'di Cadi.

Ond lle mae Jo?

Dai

'Ma fi 'to, yn ildo i'r hen elyn mowr, ishelder.

A'i grôni, yr hen Dot O'Wisgi.

'Dere, Dai, tria godi mas o'r pydew.'

'Na beth wede Mam.

'Dai bach y sowldiwr! Tyd – dwi isio ffeit!'

'Na beth wede hi, Amelia.

Siriol

Dwi 'di tynnu'n sbectol.

Ddim isio gweld dim byd.

Isio cofio petha yn eu trefn.

Pryd ddaru mi ddechra poeni?

Poeni cachu-brics?

Dai

Rhestru pethe – 'na beth 'na i.

Neud 'run peth â Dewi.

I neud sens o bethe.

Ie, 'na beth 'na i.

Fi a Dot O'Wisgi.

Siriol

Mi oedd hi'n hwyr drybeilig. Pawb yn cysgu: syna bach anadlu, chwyrnu, rhechu'n eco rownd y dorm. A finna'n effro, yn gwasgu'r botwm wrth fy ngwely bob dau funud.

A Cadi'n dŵad ata i; sibrwd, 'Dim newyddion. Tria gysgu.'

'Sut fedra i?' Dyna o'n i'n ddeud bob tro.

'Mae'n rhaid i ti.' Dyna ddeudodd hi yn diwadd. 'Neu mi ei di'n sâl. Ac mae cysgu fatha ffisig . . .'

Gweiddi arni ddaru mi.

'Sut fedra i blwmin cysgu!'

A deud, 'Sori, Cadi,' ar f'union.

Mi o'n i, hefyd.

Ac isio Mam a Jo'r un pryd.

A Dewi.

Isio Dewi.

Dwi wir yn sori, Dewi.

Dai

Magu Dewi – anodd.

Allwn i fod wedi neud gwell job – gwir.

Fe 'nes i 'ngore – celwydd.

Beth 'se Dewi wedi bod yn 'normal'? – Duw a ŵyr.

Ma' fe'n grwtyn deche yn y bôn – gwir.

Tasen ni o'r un gwa'd – ffor-shêm, y shit.

Wy'n caru'r boi – nes bo' fi bytu bosto.

Siriol

'Cadi,' medda fi o'r diwadd.

'Ia?' medda hi.

'Dwi ofn.'

A hitha'n dal fy llaw, a sychu'r dagra ar fy moch.

'Dwi'n gwbod pam ei fod o wedi mynd. 'Dan ni wedi ffraeo. Ond dwi'n gwbod dim lle mae o, na phryd y bydd o yn ei ôl.'

'Paid â phoeni . . .' medda hi.

'Ond mae o wastad wedi deud – tan heno! Felly galwch y polîs!'

Dyna pryd y gwelis i gysgod tywyll yn ei llygid.

Dai

Trio cofio pethe. Yn 'u trefen. Falle bydde hynny'n help.

Dachre yn y dachre. Gweld y patrwn. Llwybyr bywyd dyn.

'Jawl, 'mond unweth y'n ni ar y ddaear 'ma.'

'Na beth wedes i wrth Mam, wrth adel cartre'n ddyn bach pymtheg o'd.

A 'na beth wedes i wrth ffindo'n hunan dan ddec yr *Inspiration*, yng nghanol drewdod a jobs cachu. A chofio geirie Mam: 'Stica di, Dai bach, 'mots beth yw'r anawstere, a fe ddoi di drwyddi.'

A stico 'nes i. A sawl llong, sawl jobyn cachu'n ddiweddarach, o'n i'n farman ar y *Southern Star*, yn ca'l tâl bach deche am galifanto rownd y Med. Bolaheulo, gweld y seits, mynd i'r afel â'r *señoritas* a'r *mam'selles* rhyfedda, a chwrdd â'r crach.

Amelia Miles, yn ishte wrth y bar mewn gogoniant shidan coch.

Corni? Ody, glei.

'*Madam? What would you like?*' – *chat-up line* fach corni, 'fyd. A'r cwbwl o'n i'n moyn o'dd ffwrch galed dan y shidan coch.

'Chymerodd hi ddim sylw.

'*An aperitif, maybe? Some wine?*'

'*Go away.*'

A'i llais fel ffoghorn yn y Bay o' Biscay.

'*Thank-you, Madam*. A thwll dy din di, 'fyd.'

A throi bant yn swta.

'*Hold on, Sailor! What's that you said?*'

Ges i ofon. Ddim isie trwbwl, ddim isie colli'n job.

'*Sailor, what's your name?*'

'Dai,' mynte fi. 'Dai Morgan.'

'Dai bach y sowldiwr,' mynte hi.

A gwenu.

Siriol

Mi oedd hi'n gwawrio. Ac mi oedd Cadi'n gwenu.

'Newyddion da! Mae o wedi dŵad yn ei ôl!'

Ddeudis i ddim byd.

'Mond crio-methu-stopio.

Dai

Gole'r houl drw'r port-hôl, a hwnnw'n fflicran ar 'i gwyneb. A'i bronne. A'i bola. A'r blewiach rhwng 'i choese. A finne'n diolch i Dduw bo' 'da fi ddiwrnod bant.

'Bore da!' mynte fi, a 'mysedd yn busnesu'n jogel. '"Bore pawb pan godo," fel y bydde Mam yn gweud.'

'Sod dy fam,' wedodd hi, heb agor 'i llyged. 'Tyd â smôc i mi. Un drwg. A drinc. A dwi isio dy fyta di cyn brecwast.'

A fel'ny fuon ni drw'r dydd: miwn a mas o'i gwely mowr a'i *sunken bath* – mwy miwn na mas o bopeth.

Siriol

Mi oedd o wedi torri'i air.

Peidio deud lle roedd o.

Na phryd y basa fo'n cyrradd 'nôl.

A ddaeth o ddim yn agos, wedyn.

Dim gwên, dim 'Sori, Siriol.'

Fel taswn i ddim yn bod.

A fedra i ddim madda.

Dai

'Amelia miles away.'

'Na beth yw hi erbyn hyn.

Duw a ŵyr ymhle.

Duw a ŵyr 'da pwy.

Gobitho'i bod hi'n fyw ac iach.

A hapus.

A fe faddeua i iddi rywbryd, sbo.

Siriol

'Ti'n ffinishd, Dewi!'

Wrth bwrdd brecwast. A phawb yn sbio – genod ffreutur, Mistar Blodyn, Tom a Cadi, plant i gyd.

A Dewi'n deud dim byd. 'Mond troi'r sôs mefus yn ei uwd rownd a rownd a rownd nes oedd o'n hen slwj pinc.

'Glywist ti be ddeudis i? Ti'n ffinishd! Ti a fi! Pob dim wedi gorffan! Ffycd!'

Ddeudodd neb ddim byd.

A finna'n fflamio'n hun am ddeud y ffasiwn beth.

A fflamio Jo am fynd heb ddeud dim byd.

A fflamio Dewi am ddifetha'r cyfan.

Dewi

Jo 'di mynd
heb ddeud dim byd
neb yn deud dim byd
a dwi'm yn gwbod pam
a ddim yn dallt
a ddim yn gwbod be i neud

dwi 'di colli Siriol
gwbod pam
trio dallt
ond ddim yn gwbod be i neud

isio deud wrth Dai
ddim yn medru
wedi gwylltio
parti gwyllt
a miri mawr
a stiwpid

medru'u clywad nhw o ratic
troi *Space Invaders* ar lowd foliwm

gwylio ffilmia budur
dyna o'n nhw'n neud
gneud hen syna gwirion
meddwi ar eu rym a'u wisgi
a smocio'u petha drewllyd

ond finna'n saff yn ratic
ar fy mhen fy hun

ddim yn meindio
licio llonydd
licio meddwl
licio gneud fy mhetha fi

dychryn
sŵn baglu fyny grisia
wynab coch tomato
sbecian mewn drw'r drws
'A phwy sgynnon ni fan hyn?'
bol mawr tew i'w ganlyn
'Yr hogyn bach, yntê!'
'*Ay, it's Dewy, innit*?'
pen moel a styds
sgidia-hoelion-mawr
yn gwthio mewn i ratic
twtshiad
'myrryd
twrio
yn fy mhetha i
fy llyfra i
fy nghaséts a'n fideos i
'*Quite a little collector, ain't ya*?'
'Gadwch lonydd!' medda fi
'Ia, chwara teg i'r hogyn,' medda'r bol
'*Jus' lookin*'!' medda'r styds
byseddu'r *Children's Atlas*
dyna oedd o'n neud
'*Don't touch*! *My atlas*!'

dyna ddeudis i
a gafal yn ei facha budron
'*Don' shoot*!' medda fo
codi'i freichia fatha cowboi
'Dewi, be' am ddod i'n joinio ni?'
y bol yn wincio
'Dai wrthi'n cwcio cyrri'
trio helpu oedd o
'Ddim isio!' medda fi
dechra cicio'r styds
hwnnw'n cicio 'nôl
yn licio'r sbort
'*Calm down, boyo*!'
dyna ddeudodd y tomato
'Tyd, mi gei di lonydd wedyn'
dyna ddeudodd y bol
cytuno ddaru mi
unrhyw beth am lonydd
ond yn ddigon ciwt
cloi'r drws
rhoi'r goriad yn fy mhocad

llanast yn y stiwdio
mwg a gwydra a photeli
llestri budur
lot o slochian
a sefyllian
a gorweddian
odli odli odli hyll

a dynas fatha sipsi
yn trio swsio Dai
stwffio'i bysadd brown
mewn i'w bantalŵns
'Bihafia, Olga!'
dyna oedd o'n ddeud
a hitha'n chwerthin
a Dai'n ei gwthio
ar ei chefn ar soffa
a neidio arni
cyn sylwi arna i
'Reit 'te, bois, bihafiwch!'
dyna ddeudodd o
a diffodd y ffilm fudur
clymu ffedog am ei bantalŵns
cwcio'r reis a'r cyrri
fel dyn gwyllt
a deud hen betha gwirion
'*My stepson*! Mêts gore'r byd! On'd y'n ni, Dewi bach?'
rhoi ei fraich amdana i
yn flewog fath ag arth
a'i ffrindia'n amenio
        Tatan oedd y bol
        Lenny oedd y styds
        Whitehead y tomato
fel tasan nhw yn capal

'Dos o 'ma, Dai!'
dyna ddeudis i

a'i wthio
fo a'i fraich
'A dy grônis gwirion!
Ewch o 'ma bawb!
A gadwch lonydd i fi!'

'Dewi! Os na fihafi di, gw'-boi, fe gei di fynd 'nôl i'r atic!
   A fe gloia i di miwn!'

a phawb yn dawal
nes i Olga ddechra giglo
'*Dai, don't be nasty to the little boy!*'
dyna ddeudodd hi
'Rong!'
dyna waeddis i
'*Sorry, you're not a little boy.* Ti'n hogyn mawr, on'd wyt!'
'Dai ddim yn nasti!'
gweiddi eto
'Ti sy'n nasti!
Dai a finna'n fêts!'

dechra chwerthin
dyna ddaru Tatan
Olga hefyd
pawb yn chwerthin
'Chwara teg i'r hogyn mawr!'

'Dai, stopia nhw!'
dyna ddeudis i

ac mi driodd o
ond dal i chwerthin
dyna o'n nhw'n neud
patio 'mhen i
'Dwi 'di dotio arnat ti, cyw bach!'
Olga ddeudodd hynna
'*Love you, lovely boy*!'

gafal yn ei gwydr
dyna ddaru mi
a'i luchio at y wal
a'r rym yn llifo
a hitha'n deud, '*Hold on*!'
'Gan bwyll nawr, Dewi!'
dyna ddeudodd Dai
dal i chwerthin
dyna ddaru'r lleill

gafal yn y botal wisgi
dyna ddaru fi
a'i lluchio at y ffenast
clec
a phawb yn dycio
a gwydr yn tasgu
fatha darna rhew

a neb yn chwerthin

nes i Tatan ollwng rhech

pawb yn rowlio chwerthin
pawb ond Dai
''Na ddigon o dy ddwli di!'
dyna ddeudodd o
gafal yn y botal rym
dyna ddaru fi
a fynta'n sbio
yn fy ngwynab
gafal yn 'y mraich
'Gad dy drics, gw'-boi!'

'Ffyc off, Dai!'
dyna waeddis i
a lluchio petha
   ashtreis
   cytleri
   gwydra
   platia
   popadoms
   y sosban cyrri
   y sosban reis
   y ffycin lot drw'r ffenast

sgrechian
dyna ddaru Olga
lapio'i law
dyna ddaru Whitehead
mewn hancas wen
troi'n goch yn syth

dyna ddaru hi
a gweiddi mwrdwr

fy lluchio fi i'r llawr
fy llusgo at y grisia
fyny'r grisia ar fy nghefn
Dai a Tatan ddaru hynny
chwilio yn fy mhocad
agor drws ratic
'Miwn â ti, gw'-boi!'
a chloi

ddaru fi ddim crio
falch o hynny
pwysig peidio crio
arfar gneud
pan o'n i'n hogyn bach
trio'n stopio'n hun
rŵan 'mod i'n hogyn mawr
deud 'Dewi! Paid â chrio!'
yn fy mhen
'A gadwch lonydd i mi!'

Dai

'Na beth o'dd owting. Y gwaetha 'to. 'Ypseting iawn,' fel gwedodd Olga. ''E's *a little monster*!' 'Na beth wedodd Whitehead. '*You should get 'im seen to*!!' Pwy'n gwmws wedodd 'na, sa i'n cofio. Cwrso'r bygyrs mas o'r tŷ, 'na'r cwbwl o'dd yn bwysig. A 'na beth 'nes i, 'da help Tatan. Anwybyddu tantryms Olga a phrotest a bygythiade Whitehead, o'dd yn magu'i law mewn macyn yn llawn gwa'd. A mas â nhw'n rwgnachlyd i'r ardd a lawr y dreif, drw'r gât i'r ffordd.

'Ocê, boi?' 'Na beth wedodd Tatan, ac ysgwyd llaw fel tase fe mewn angladd. A wedyn, fe a'th ynte 'fyd, a 'ngadel i.

Es i draw i ishte ar y fainc o dan y dderwen fowr. Fi a'r mwgyn. A hwthu'r mwg, a'i watsho'n codi'n sbeiral lan drw'r dail. A'r lleuad lawn yn pipo drwyddyn nhw.

Fe edryches i lan at ffenest yr atic; dim gole, dim sŵn a dim symudiad.

Steddes i 'na am sbelen fach. Sa i'n siŵr am faint – dou fwgyn ne' dri. Pedwar, pump? Fe dda'th cymyle du i gwato'r lleuad, wy'n cofio hynny. A wedyn, glaw. Diferion ysgon drw'r dail. A'r rheini'n troi'n ddiferion trwm, yn bownso bant o'r dail, ar 'y mhen i, miwn i'n llyged i a 'nhrwyn. A finne'n clywed Mam yn canu 'Golch fy meiau' – corni? – gwedwch chi fel fynnoch chi, ond wy'n gweud y gwir.

O'dd hi'n gwawrio pan godes i a thowlu'r stwmpyn dwetha i bwll o ddŵr a cherdded draw drw'r glaw i'r tŷ, a dachre clirio'r annibendod a chwiro'r damej. Rhwygo bocs y canie cwrw a stwffo'r cardbord dros dwll y ffenest; rhoi papur newydd am y tymblers a'r poteli yfflon, a'u stwffo da'r sosbenni yn y bin 'da'r popadoms a'r reis a'r cyrri, a rhoi'r caead arno fe'n glep. A chario'r cwbwl i ben-draw'r ardd a'u cwato'r tu ôl i'r domen. Os cwato, hefyd, gan wbod y bydde Elfyn Lewis yn fusnes i gyd. Heb sôn amdani hi, 'rhen Eira.

Do'dd dim amdani ond ca'l drinc. O'dd y botel rym yn gyfan, a digon ar 'i gwaelod i ga'l swig fach sydyn – dwy ne' dair. O'dd hi'n wag pan es i ati i dynnu 'nillad sopen a gwisgo 'nresin' gown a dechre dringo ar 'y mhedwar lan i'r atic.

Cnoco'r drws – hen reol fach rhwng dou; dangos 'bach o barch i'r crwtyn. Rhoi'r allwedd yn y clo, a miwn â fi.

A 'na le o'dd e, yn 'i gwrcwd o fla'n y sgrin, yn stêro ar fideo, heb y sŵn. Y cwbwl welen i o'dd llunie'n fflicran. Y cwbwl glywen i o'dd y glaw yn ffusto'r to.

Fe benderfynes i neud jôc: 'Jawch, ma'r seilent ffilms yn neud cym-bac, odyn nhw?' Ond chymerodd e ddim sylw, dim ond dal i edrych ar y sgrin.

'Licen i ddiolch iti, am weud beth wedest ti, gynne . . . Bo' ti a fi yn fêts . . . O'dd hynny'n golygu lot i fi, ti'n gwbod . . .'

Throiodd e mo'i lyged ata i.

'Licet ti 'bach o fwyd? Ma'r cyrri a'r reis 'di cwpla – ffinishd. Ond beth am grisps a coke?'

Dim byd ond llunie'n fflicran.

'Dewi, achan! Paid â becso beth ddigwyddodd! Y'n ni'n fêts, fel gwedest ti!'

Fe 'steddes i ar 'i bwys e, ar y llawr.

'Dowles i nhw mas, y jawled. Y cwbwl wedi mynd yn ffradach. Bŵz a ffags a lot o sothach. Ond ma' pethe'n deidi unweth 'to. Wel, fwy ne' lai. So ni'n moyn i Eira Lewis achwyn! Cofia di, a'th lot o fŵz yn wast – ond beth yw'r ots? Dim fi dalodd amdano fe.'

O'dd e'n fflico'r fideo 'nôl a mla'n.

'Fe ga i Johnny Tacsi i gwiro'r ffenest.'

Yr un olygfa, 'nôl a mla'n.

'Ma'n nhw'n addo lot o law.'

O'n i'n gwbod yn iawn beth o'dd hi.

'Dewi?'

Fe droiodd e i edrych arna i.

'Hwnna, Dewi, ar y sgrin . . .'

'Hulk ydi o, Dai.'

'Ie – fi brynodd e i ti, ti'n cofio?'

Fe droiodd e'r sŵn lan . . .

'*Don' make me angry, Mister McGee. You wouldn' like me when I'm angry.*'

Hulk, 'i gorff yn whyddo'n fowr, yn troi'n wyrdd, yn hyll fel pechod, wrth gwrso stwcyn bach o ddyn, un tebyg iawn i Tatan. A phan ddalodd e'r pŵr dab, fe ga'th e gosfa nes o'dd e'n whilo'i hunan.

'Hulk – ti'n gwbod hynny, Dai.'

'Wy'n sori, Dewi . . .'

'Ti'n gwbod hynny, Dai . . .'

'Gobitho 'nei di fadde i fi . . .'

Ond o'dd e wedi switsho bant.

Siriol

Mae Jo 'di mynd.

Jest fel 'na. Heb ddeud dim.

A finna'n methu credu.

Y tro diwetha imi'i gweld hi, mi oedd hi'n bownsio o gwmpas a gwenu'n ddel, fel arfar. Shel-siwt gwyn; treinars gwyn, clip bach gwyn yn dal ei gwallt.

'Angal' – dyna o'n i'n feddwl.

Naci'n tad. Y tro diwetha imi'i gweld hi, mi fangiodd ddrws y ffrynt yn glep wrth stormio allan.

A rŵan, mae hi wedi mynd.

Ar ei gwylia mae hi, medda Mistar Fflowar.

'Ddim yn siŵr,' oedd atab Tom.

'Na finna,' medda Chris.

Mi aeth Cadi adra ddiwadd bora.

Does neb yn gwbod dim.

Ac mae hi'n oer.

Annifyr.

Crîpi.

Lle mae hi?

Be ddigwyddith i ni hebddi?

Ac i *Ni a Nhw*?

Lle mae Dewi?

Be ddigwyddith i mi hebddo?

Dai

Synhwyro. 'Na beth 'nes i. Ddyddie'n ddiweddarach. Nad o'dd pethe'n iawn. A fynte mor ddywedwst – hyd yn o'd yn fwy nag arfer.

O'dd hi'n nosweth ddigon braf, a finne'n gorwedd yn yr hamoc, yn magu jar o gwrw, a Dewi'n ishte yn y gader blastig. Dim llyfyr, dim llunie a dim rhestre – o'dd hynny'n arwydd gwael.

A beth 'nes i? Fi a 'ngheg fowr a 'nghwrw? Neud cawl o bethe.

'Dewi,' mynte fi.

'Ia?' mynte fe.

'Ti'n olréit?'

'Ydw, diolch,' mynte fe.

'Dim byd ar dy feddwl?'

'Nacoes.'

'Ti'n dawel.'

'Licio bod yn dawal.'

'A lico bod yn fachgen drwg?'

Sa i'n gwbod pam. Ond 'na beth wedes i. A fynte'n neud 'i wmed pyslan. Crychu'i dalcen, sgriwo'i lyged lan yn fach.

'Pam, Dewi? Pam ti'n neud hen bethe dwl? Gwylltu, yr hen nonsens crwydro, neud i bobol fecso . . .'

A llais yn ddwfwn yn 'y mhen i'n gweud, 'Gad hi, Dai.'

'Ddim yn gwbod. Ddim yn dallt.'

'Na beth wedodd e. A chodi, a throi, a chered bant. A mwmblan, 'Ddim yn gwbod. Ddim yn dallt. Isio gwbod. Methu dallt,' nes cyrredd drws y cefen.

A wedyn clep.

A wedyn – dim.

A finne'n rhegi'n hunan i'r cymyle.

Dewi

llunia yn fy mhen . . .

'Helô?' medda fi

'*Dewi Miles*?' medda hi

llais Blue Peter

'*Yes*,' medda fi

'*Good news*,' medda hi

isio siarad efo '*Mum*'

'*She's died*,' medda fi

wedi arfar
haws o lawar
'*Your Dad*?' medda hi
'Dai,' medda fi
'*Died*?' medda hi
'Dai!' medda fi
stiwpid

ddim yn licio'r holi
ddim yn licio pobol holi-stilio
hen gwestiyna gwirion
nhwtha'n gwbod yr atebion
wast ar amsar
a rhoi'r ffôn lawr

llythyr
drannoeth
ar y mat
'*Eagle*,' medda fi
'Dere weld,' medda Dai
'Fi bia fo,' medda fi
'*Eagle*,' medda fo,
eryr coch ar y top
unrhyw ffŵl 'di gesio
ei rwygo ar agor
dyna ddaru o
tynnu'r llythyr allan
dechra'i ddarllan
'*Dear Dewi Samuel Miles stroke his parents stroke guardians . . .*'

'Dwi 'di ennill, 'tydw?'
'Gad lonydd i fi ddarllen!'
ei drwyn yn symud
lawr y bejan
'Jiw, jiw!'
'Dwi 'di ennill, 'tydw?'
'Wyt, gw'-boi! A wy'n ca'l mynd 'da ti, 'fyd!'
gneud sŵn reiat cowbois
'Yipi-ai-ô!'
dyna ddaru o
rhuthro rownd
gwagio'i wisgi
gwisgo'i gôt a'i het
stwffio'r llythyr mewn i'w bocad
'Wy'n mynd lawr i'r Cross i ddathlu! Fydd y bois yn ffaelu
    credu! Ond fe gân nhw weld yr efidens, myn jawl!'
a mynd allan
a dŵad yn ei ôl
a siglo'n llaw i
'Congrats mowr, gw'-boi!'
ac mi oedd o'n crio
crio hapus
licio hynny

'Dai!' medda fi
'Ia?' medda fo
'Isio cadw'r llythyr!'
sbio arna i
'Ie! Ti pia fe, gw'-boi! A ti'n gredit i ni gyd!'

rhoi'r llythyr i mi
siglo'n llaw i eto
a ffwrdd â fo

mynd fyny ratic
dyna ddaru mi
eistadd ar 'y ngwely rebal
agor y llythyr
a'i ddarllan

First prize:
> *Truly Spectacular Cruise*
> *SS Seabird*
> *Reception – London*
> *Embark – Plymouth.*
> *Ports of call:*
> *Caen – for Bayeux*
> *Lisbon*
> *Barcelona*
> *Venice*
> *Rome*

> *Details are enclosed*

methu credu
pinsio'n hun
a gwenu

Dai a finna
ar y sgwâr
baneri
a phosteri

'Hwyl Fawr Dewi!'
odli! odli! odli!
'Siwrna Dda!'

pobol radio a theledu
Cymro
Dail y Post
Sulyn
Llais y Sais

pobol pentra Llan
    gormod lot i'w henwi
    'blaw Siriol
    Mistar Lewis
    Misus Lewis

pobol Gorlan
    Jo a Tom a Chris a Cadi
    Nyrs Lloyd
    staff llnau a ffreutur
    Mistar Fflowar
    'Joia, Dewi! 'Na'r *bottom line!*'

Johnny Tacsi'n canu'i gorn
gyrru ffwr' drw'r crowd

'Jawl, y'n ni fel roialti, gw'-boi! Ne'r Beatles!'
Dai'n chwerthin
chwythu mwg
twyrlio'i fwstásh
a phwyso 'nôl yn braf

Bangor
  First Class Train
Llundain
  Editor of Eagle
  'Nice work, Boyo!'

Plymouth
  cerddad ar yr Hoe
  smalio chwara bowls
  sbio allan dros y môr
  'Warships ahoy, gw'-boi!'

SS Seabird
  Luxury Suite
  glas a gwyn a gwely plu
  gwin coch i Dai
  coke i fi
  pwll nofio ar y dec
  campfa tennis golff
  caffis bars casinos
  Captain's Table
  'Congratulations, Sonny! You're a star!'

White Cliffs of Dover
  pinc yng ngola'r machlud

stop

Plymouth
Dover

stop!
ddim yn bosib
stiwpid
rong

pedwar pump pump milltir
siart y *Childrens' Atlas*
rhwng y ddau

ddim yn licio bod yn rong
ddim yn licio petha'n rong
isio petha'n iawn

ddim yn licio bod yn stiwpid
isio peidio bod yn stiwpid

crio
ar fy ngwely rebal
sbio fyny ar y nenfwd
cuddio o dan gwrlid Hulk

crio am fy mod i'n rong
am fy mod i'n stiwpid

am mai rong a stiwpid fydda i
am byth

Misus Lewis

'Dan ni wedi trio holi hanas Jo. Ac mae 'na lot o siarad –
am broblema, ella; salwch, ffrae; am fynd 'nôl i'r Alban yn
ddirybudd, ella.

Ond does neb yn gwbod dim i sicrwydd.

Biti garw, a'r hen blant wedi'u siomi.

A Siriol ni'n torri'i chalon.

Mistar Fflowar

Alla i byth â gweud wrth neb. Dim neb, dim byth.

A fydd neb, ond hi a fi, yn gwbod dim, gobitho.

'Na'r *bottom line*.

Dai

Ma' rhwbeth mowr yn becso Dewi.

Sa i'n gwbod dim beth yw e.

Ond ma' 'bach o ofon arna i.

Dewi

lle ddiawl ma' Jo?

dwi'n sori, Siriol

isio mynd

a neb yn gwbod dim

ond dwi ofn drw 'nhin ac allan

Siriol

Mae petha'n dywyll heno.

> Cysgu mae'r oen yn ymyl y llyn,
> Haul yn machlud dros y bryn,
> Adar yn fud i lawr yn y cwm,
> Heno mae popeth yn cysgu'n drwm.

Petha brifo'n brifo'n arw.

> Peidio wnaeth miri a chwerthin y plant
> Cwm Rhyd y Rhosyn yn sŵn y nant . . .
> Sibrwd mae'r awel i lawr yn y Cwm,
> Heno mae popeth yn cysgu'n drwm.

'Toes 'na'm gola yn ratic Dewi.
Ond mae gweddill Eryl Môr fatha siandelïer.

> Heno'n ddi-stŵr mae'r ardal i gyd,
> Golau'r lleuad dros y byd . . .

Dwi'n medru clywad lleisia.
Gweld y goleuada'n bobian dros y Ddôl.

> Dan lenni'r nos daeth breuddwyd i'r Cwm,
> Heno mae popeth yn cysgu'n drwm.

Maen nhw wedi stopio wrth y rhyd.